書下ろし

ぷるぷるグリル

橘 真児

祥伝社文庫

目次

第一章　深夜のファミレス

1

他に誰もいない広いフロアで、メニューの入れ替え作業を行ないながら、堂島《どうじま》淳平《じゅんぺい》は深いため息をついた。

（ああ、早く帰りたいなあ）

ここはファミリーレストラン「もんぐりる」の、東京西店である。店舗名のとおり東京の西部にあり、住宅地に近い。

フロアは全九十席。すぐ近くに広い公園があることから、休日はファミリー層でかなり混雑する。平日も、昼間から近所の奥様たちや学生が憩《いこ》いの場として利用するなど、営業成績は店舗の中でも上位に位置していた。

ちなみに、「もんぐりる」の本店並びに本社は埼玉にあり、関東圏に十店舗ほどを展開する、比較的小さなファミリーレストランチェーンだ。創業者の名が「門次郎《もんじろう》」であり、当初は「もんじろうグリル」という名前が考えられたのであるが、やや長いということで「もんぐりる」と縮《ちぢ》められた。

淳平はこの春、もんぐりるグループに入社したばかりの新人である。年齢は二十二歳。未《いま》だ学生気分から抜けきれていないところが、無きにしも非《あら》ず。それはもしかしたら、心身ともに大人になりきれていないためかもしれない。

そんな彼にも、いちおう肩書きがある。東京西店のマネージャー補佐がそれだ。

マネージャーは、本社と店舗の連携を担当する職務である。平たく言えば監視役だ。店の経営状態を監察し、万事滞《とどこお》りなく遂行されているかを確認する。また、新しい企画やフェアについて各店舗に周知徹底する、従業員の確保や設備に関して店からの相談に応じるといった仕事もある。

もっとも、各店舗には店長がいる。店を取り仕切るのはあくまでも店長であり、マネージャーは経営そのものに携《たずさ》わるわけではない。よって、勤務場所も基本は本社である。

淳平は入社後の新人研修を経て、今の役職に就《つ》いた。ただ、マネージャーとは言っても、「補佐」とついているとおり、他に正式なマネージャーがいる。

淳平にとっては直属の上司に当たる東京西店のマネージャーは、三十一歳の女性だ。名前は西脇多華子《にしわきたかこ》。

十歳近くも年上の女上司と初めて対面したとき、その凜《りん》とした美貌《びぼう》に気圧《けお》されると同時に、いかにもキャリアウーマンっぽいなという印象を淳平は持った。それこそ、映画やドラマで美人女優が演じるような、いかにもというタイプの。

実際、彼女は見た目そのままに、仕事が抜群にできる。この若さで、本社管理職への昇進が間もなくだろうと聞いた。マネージャーとしても、東京西店の他にふたつの店舗を担当している。

新入りの淳平に、当然そこまでのスキルはない。まずはマネージャーの仕事を覚えねばならず、そのためには店の経営も一から十までしっかり理解する必要がある。それこそ、どんなトラブルがあるのかも含めて。

そこで、当分は西脇マネージャーの下で補佐として働き、東京西店にもたびたび行かされることになった。

それに関しては、淳平に不満はない。まあ、新人で、不満なんか言える立場ではないけれど。とにかく、マネージャーの業務や店の経営について、多くを学ばねばならないのは確かなのだ。

ただ、あくまでも補佐ということで、マネージャーに命じられるままあれこれ仕事をこなすというのが現状である。それも、ほとんど雑用係みたいに。

担当する東京西店側にとっても、淳平は扱いに困る存在のようだ。何しろ、正式なマネージャーがいるのだから。

大事なことは補佐ではなく、やはりマネージャーと打ち合わせをしたい。そうなれば、いくら頻繁《ひんぱん》に顔を出していても、彼に振られる話は重要度の低いものになる。

責任を持たされず、時間だけはあるという状況が祟《たた》って、今や淳平は完全に尻ぬぐいというか、便利に使われる立場になっていた。従業員が足りないときのヘルプとか、営業時間中にお客が汚したトイレの掃除とか、その他諸々。

そして今日も、ウエイトレスのアルバイトがひとり休んだために、フロアのヘルプをし、さらに閉店後の作業まで任されてしまった。慣れないから遅々として進まず、店は十時に閉まったのに、もう深夜零時近くだ。

(完全に僕のこと、ただの召使いだと思ってるよな……)

いや、いっそ奴隷《どれい》かもしれない。少なくとも、軽く見られているのは確かだ。

そんなことを考えていると苛立《いらだ》ちが募《つの》り、作業する手が震える。店のメニューはファイル方式で、変更があると中を入れ替えるようになっているのであるが、うまく入れられずにまたイライラする。

（くそ……誰がホセだよ）

あれは数日前のことだ。たまたまバックヤードに入ったとき、休憩中の学生アルバイトが何やら話しているのが耳に入ったのである。そして、「ホセ」という人物のことを話しているのだとわかった。

最初は、同じ学校の留学生か、サッカー選手のことでも話題にしているのかと思った。ところが、間もなく自分のことだとわかる。堂島ホセと、ハーフみたいな名前が出てきたからだ。

どうやら、補佐がホセに変化したらしい。スペイン系のその名前は、聖書が起源の由緒あるものだと思うのだが、彼らはそこまで考えず、語感だけで面白がっている様子だった。

なぜなら、明らかに小馬鹿にした口調であったから。

たしかに新人だし、経験も浅い。バイト歴が長い彼らのほうが、この店や仕事に関してはよっぽど詳しいはず。

しかし、これでも一所懸命やっているのだ。いちおう正社員なのに、どうして軽んじられなければならないのか。

思い出して憤慨《ふんがい》したものの、こうして簡単な作業で手こずっているあたり、馬鹿にされても仕方ないのかもしれない。そう考えると、今度は情けなくなってきた。

（駄目《だめ》だな、僕は……）

正社員だからと威張《いば》れるものではない。そもそも、そんなふうに思うこと自体、アルバイトを下に見ていることになる。同じ店で働いている仲間なのに。

陰で何と呼ばれようと、気にしないことにしよう。それこそ社員として、みんなが気持ちよく働ける店になるよう頑張ればいいのだ。

（あと、性格も直さなくっちゃ）

万事控《ひか》え目で、自己主張をあまりしない。そのため、頼られることがないし、他から使われるだけになってしまう。

もっと自分の考えなり意見なりをアピールし、互いに高め合うような人間関係を作らなくては。ただ言われたことをするだけでは、社会人として問題ありだ。そのためには、勉強もしなくてはならない。

（うん、頑張ろう）

いちおう前向きに考えたものの、メニューの写真をついまじまじと見て、空腹を募らせる。

（お腹空いたなあ）

それは「もんぐりる」の主力商品である、ハンバーグの写真だった。

ファミリーレストランのチェーン店は、多くがセントラルキッチン（集中調理施設）から運ばれた完成直前の料理を、各店舗で加熱、盛りつけをして出す方式を採っている。そうすればどの店でも同じ品質の、同じ味のものが出せるからだ。また、厨房の面積も広く取らなくていいし、スタッフも少なくてすむ。

「もんぐりる」も、セントラルキッチン方式を採っている。そのため、運ばれてきたものを貯蔵する冷凍庫、冷蔵庫は、大きなものが備え付けられていた。

但《ただ》し、ハンバーグだけは各店舗で、お客の焼き加減の注文に応じて、時間をかけて焼き上げる。ふっくらジューシーになるように。そのための専門スタッフもいるほどなのだ。

そもそも淳平が「もんぐりる」に入社したのも、学生時代にここのハンバーグが大好きだったからだ。入社したらたらふく食べられるに違いないと、子供じみたことも考えた。

もちろん、そんなことがあるはずもなく、ヘルプで接客をするときに、湯気の立つそれを運ぶぐらいしかできない。

メニューの写真も、実に旨《うま》そうだ。飲食店で、写真と実物が違ってがっかりすることはよくあるが、ここのハンバーグに関しては、その心配はない。

むしろ、実物のほうがより旨そうに見える。そして、実際に美味なのだ。

ナイフを入れると溢《あふ》れる肉汁。口に運べば、外側のカリッとしたところと、内側のほっこりしたところが絶妙にマッチし、見事な食感となる。そこに肉の旨味がとけ合って、まさに至福のひとときを演出する。

一応、デミグラス、和風、ニンニクと、ソースも選べる。けれど、何もかけなくても、充分に美味《おい》しい。

正直、毎日でも食べたいと思った。しかし、貧乏学生だったから、そう頻繁には通えない。ハンバーグに関しては、他のファミレスよりも少々高かったからだ。それでも、試験が終わったとか、卒論で疲れたとか、自分へのご褒美《ほうび》や励《はげ》ましといった特別なときには、決まって「もんぐりる」へ行った。

だったら、アルバイトもそこですればよかったようなものだが、それだと自分にとって特別の場所ではなくなる。「もんぐりる」は、純粋にハンバーグを食べるときだけ訪れる場所にしたかったのだ。

ただ、就職活動のときには、やはり自分が好きなことをと考えて、ここを志望したのである。もともと趣味と言えるようなものがなく、他に適当なところが思いつかなかったためもあった。

　ともあれ、淳平にとって「もんぐりる」のハンバーグは、今でも特別な食べ物だった。写真を見ただけでお腹が鳴るぐらいに。

（うう、食べたい……）

　メニューを眺《なが》め、よだれを垂《た》らしそうになる。付け合わせのニンジンとサヤエンドウの彩《いろど》りも素晴《すば》らしい。肉の焼けるジューッという音まで聞こえてきそうな気がした。

　いっそ、今から厨房に忍び込んで、自分で焼いて食べようか。そんな衝動にも駆《か》られたものの、美味しく焼き上げる自信など微塵《みじん》もない。生焼けだったり焼きすぎたりしたら台無しだ。ハンバーグに対する冒瀆《ぼうとく》である。

　そもそも、そんなことがバレたら、店長やマネージャーからこっぴどく叱《しか》られるに決まっている。

　とにかく、今は余計なことを考えている場合ではない。早く仕事を終わらせなければと、淳平は気持ちを切り替えた。

　もっとも、アパートに帰っても食べるものがない。コンビニで弁当を買うか、二十四時間営業の牛丼屋に入るか、選択肢が限られている。そう思うと、労働意欲が著《いちじる》しく減退する。

　食べることは、人生における大切な営みなんだなあと思い知ったとき、ガタ――。

奥のほうで物音がしたものだからドキッとする。バックヤードからだ。

(え、今のは?)

すでにみんな帰っているはずなのに。

店舗の出入り口は、表のお客用の他は、裏のバックヤードを抜けたところに、搬入口を兼ねたものがあるのみだ。そちらは自動ロックになっており、一度閉まると外からは鍵《かぎ》を使わないと入れない。

よって、侵入者などあり得ないのだが。

(……ネズミかな?)

泥棒の類《たぐ》いだと怖いという思いが、淳平にそんなことを考えさせる。だが、バックヤードからこっちまで聞こえるだけの音を立てるネズミなど、猫ぐらいの大きさがあることになる。そっちのほうがよっぽど問題だ。

そして、再び何かがぶつかるような音が聞こえたものだから、いよいよ蒼《あお》くなる。

(最後に出たのは誰だっけ……ちゃんと閉めてなかったのかな?)

ゴミ出しのときなど、外に出るたびに鍵で開けるのは大変だからと、ドアストッパーもついている。最後のひとがゴミを出し、ドアストッパーを使ったのを忘れて、そのまま帰ってしまったとか。

そして、通りかかった泥棒がドアが開いていることに気づき、これはラッキーと忍び込んだのではないか。

バックヤードには事務所と、アルバイト用の休憩室兼更衣室がある。事務所には金庫があるものの、その日の売上げは銀行の夜間金庫へ預けるから、現金はほとんど入っていない。あとは盗めるようなものといったら、食材ぐらいだ。

本当に泥棒だとしても、大きな被害は出ないだろう。だからと言って、歓迎などできるはずがない。

当然、責任を問われるのは、戸締《じ》まりを確認せずにいた淳平だ。それによって侵入者を許したとなれば、叱責《しっせき》だけでは済まない。

とにかく、何も被害が出ない前に追い払うか、捕まえることが先決だ。

（捕まえる――そんなこと、僕にできるのか？）

体格は標準だし、腕《うで》っ節《ぷし》も強くない。相手が弱っちい小柄な男でもない限り、返り討ちに遭《あ》うのは確実だ。

（待てよ、武器があれば……）

セントラルキッチンから運ばれた料理を温めるのがほとんどでも、厨房でまったく調理をしないわけではない。ご飯を炊《た》くし、スープも作る。野菜を切るから、包丁もひと揃《そろ》いあった。

淳平は手にしていたメニューをテーブルにそっと置いた。足音を立てないよう、注意深く厨房に移動する。

ドリンクバーなどのあるカウンターを越えれば、細い通路を挟《はさ》んで厨房だ。バックヤードは、その通路を奥へ進んだところにある。

そちらの様子を窺《うかが》えば、観音《かんのん》開きのドアが閉まっているため、何も見えない。ただ、明かりが洩《も》れているし、何者かがいる気配が感じられた。

（間違いない。泥棒だ――）

いや、こちらの存在に気がついたら、強盗に変わることもあり得る。

そうならないことを祈りつつ。淳平は厨房に足を踏み入れた。そこは消灯されていたが、フロアからの明かりで真っ暗ではない。包丁も難なく見つかった。

手にした調理用具――武器の柄を両手で握り、腰のあたりでしっかり構える。そのまま忍び足で通路に出ると、バックヤードへの扉の前まで進んだ。

足音が聞こえる。それも、こちらに向かってくるものが。

緊張と恐怖でからだが震える。しかし、店を守らなくてはならない。淳平は（しっかりしろ）と自らを叱りつけた。

（よし。向こうが扉を開けた瞬間、大声を出してやれ。そうすれば、驚いて逃げ出すかもしれない）

そうでなければ包丁を構えて体当たりだと、覚悟を決める。

足音が扉のすぐ近くまで近づいてきた。いよいよだと息を呑《の》んだとき、扉がバックヤード側に開く。

「誰だっ！」

淳平は精一杯の大声を出した。それとほぼ同時に、

「キャアッ！」

盛大な悲鳴があがったものだから、こっちがびっくりする。

（え、あれ？）

狼狽《ろうばい》する彼が目にしたのは、驚いて尻もちをついた女性——西脇多華子マネージャーであった。

2

「た、大変申し訳ありませんでしたっ！」

フロアの床に正座して、淳平は平謝りであった。その前には、窓際のボックス席のシートに、横向きで腰掛けた多華子がいる。黒いスーツ姿の彼女は、ミニスカートから伸びた脚を高く組んでいた。

淳平が土下座していたのは、そうするように命じられたからではない。黒いストッキングに包まれた美脚から目を逸《そ》らすため、自主的に行なったのである。

なぜなら、こんな状況でも色気を感じずにいられないそこを目にしようものなら、先刻目撃したばかりの、よりセクシーなものを思い出すからだ。

尻もちをついた三十一歳の美女の、スカートの中。黒いパンストに包まれた太腿《ふともも》が、やけに肉感的だった。

そして、縫《ぬ》い目が葉っぱのかたちを作る股間部分は、編み目が濃くなっていたものの、白いパンティがばっちりと透《す》けていたのだ。それも、クロッチがかなり細く、陰部にいやらしく喰《く》い込んだものが。

思い出しかけて、淳平は慌《あわ》てて額《ひたい》を床にこすりつけた。ふくらみそうになったペニスを、おとなしくしろと叱りつける。こんなときに勃起でもしようものなら、不真面目《ふまじめ》な新人だと烙印《らくいん》を押されるのは確実だ。

（まったく、僕ってやつは……）

とんでもない過《あやま》ちをしたこともそうだが、こんなときに女上司の下半身に心を奪われるのも情けない。これも女性のなまめかしい姿に慣れていないからなのか。

「ああ、もういいわよ。わかったから」

うるさそうに手をひらひらと振った彼女に促《うなが》され、淳平は向かいのシートに坐《すわ》った。肩をすぼめ、恐縮しながら。テーブルの上には、さっきまで作業をしていたメニューが広げっぱなしである。

「ところで、堂島は何が悪かったと思ってるの？」

眉間《みけん》にシワを寄せても麗《うるわ》しさを損なわない美貌でも、眼光鋭《するど》く睨《にら》みつけられては、とても直視できない。焦《あせ》り気味に目を伏せる。

「そ、それは、マネージャーを泥棒と間違えたことが……」

「他には？」

「え？」

「もっと重大なミスがあるんじゃないの？」

あれ以上の失態があったとは思えないから、淳平はきょとんとなった。思わず顔をあげてしまう。

「え、何ですか？」

「まったく……」

ほとほと疲れ果てたというふうに、多華子がため息をつく。それから、噛《か》んで含めるように質問した。

「さっき、堂島にびっくりさせられたあと、わたしがまず何をさせたか憶《おぼ》えてる？」

「え？　ああ、あの、フロアのブラインドを全部閉めるようにって」

「それから？」

「この場所以外の明かりを、すべて消すように……」

「何のために？」

「……僕がマネージャーからお説教されるところが、外から見えないように？」

答えるなり、美人上司の眉《まゆ》が急角度に吊《つ》り上がったものだから、淳平は坐ったままぴょんと跳《と》びあがりそうになった。

「だったら、どうしてわたしが店に入ったのか、その理由がわかってるの⁉」

「え？　あ、えと、仕事で……」

「違うわよ。他の店の仕事が終わって通りかかったら、明かりを煌々《こうこう》と点《つ》けて、外からまる見えの状態で仕事をしている馬鹿社員がいたからじゃないっ！」

最後のほうは気が昂《たか》ぶったのか、ほとんど怒鳴《どな》り声に近かった。あまりの剣幕に、淳平はのけ反《ぞ》った姿勢で身を強《こわ》ばらせた。

「こんな夜中に、たったひとりで店内にいますよって周囲に見せつけてどうするのよ⁉　どうか強盗に入ってくださいって、宣伝してるようなものじゃない！」

「――で、でも、売上げは店長が銀行に」

「強盗にはそんなことわからないの。ひとがいれば警備のアラームもセットされていないはずだし、お金もまだあるだろうって、窓を叩き割ってでも入ってくるわよ」

確かにその通りである。反論の余地はない。

（そう言えば、研修でも防犯の講義があったんだ……）

夜間の作業について、多華子に言われたようなことを注意された気がする。憶えることがたくさんあったし、そのときは重要性を認識せず、ちゃんと聞いていなかったのだ。

「あと、メニューの入れ替えをしてたみたいだけど、これを見る限り手順に無駄があったみたいね」

「あの、無駄っていうと……」

「おおかた、新しいメニューを持って全部の席を回って、それぞれの場所で入れ替えてたんでしょ。だからフロアの明かりを全部点けていたんじゃないの？」

「はい……」

「ったく……メニューはどうせ回収しなきゃいけないんだから、全部集めて事務所にでも持っていって、そこで作業すればいいじゃない。そうすればフロアの明かりは消せるんだし、余計な電気代もかからないでしょ」

「あ——そうですね」

「そうですねじゃないわよ」

多華子がやれやれという顔で天井を仰《あお》ぐ。それからフロアを見回し、

「そう言えば、テーブルの上のものが出しっ放しだけど、どうして片付けないの？　メニューもそうだけど、調味料とかナプキンとか卓上ポップとか」

「えと、今日はバイトの子がひとり休んで、それで僕が後始末を任されたんですけど、そこまで手が回らなくって」

「つまり、体《てい》よく押しつけられたってことね。最後にみんなで回収すれば、すぐに済むことなのに」

女上司からあきれた顔を見せられ、淳平は泣きたくなった。

（やっぱり、僕ってみんなから舐《な》められてるんだな……）

あとをお願いしますねと、ウエイトレスの子たちに明るく言われ、頼られている気がして引き受けたのだ。しかし、大きな間違いであったと、今さら思い知る。

（たぶん、服部《はっとり》さんがいてくれたら、こんなことにはならなかったんだろうけど）

今日休んだのは、ウエイトレスのバイトリーダーの子だ。いつもみんなにきびきびと指示をして、仕事の手際もいい。彼女がいれば、最後の作業も全員に手際よくやらせて、とっくに終わっているところだ。

とは言え、アルバイトの女子に頼らなければならないというのも、社員のくせして情けない。もっと毅然《きぜん》とした態度を自分が見せられればいいのだが、淳平にはたやすいことではなかった。

と、何かを観察するふうにこちらを見つめていた多華子が、仕方ないという顔でため息をつく。

「ワゴンを持ってきて。それから、カウンタークロスにアルコールも。フロアの明かりも、小さい電球だけ点けて」

「あ、はい」

淳平は急いでカウンター奥の通路に行き、置いてあったクリンネスの道具をワゴンに載せて運んできた。

「それじゃ、ちゃっちゃとやっちゃうわよ」

女上司がジャケットを脱いだので、それに倣《なら》う。ついでにワイシャツの袖《そで》もめくった。

調味料やナプキンなどをワゴンに移し、テーブルやシート、椅子《いす》もクロスで拭《ふ》く。

全九十席。固定されたものや移動可のものも合わせて、テーブルは二十ちょっとある。

多華子が一緒ということで、淳平は張り切った。上司の前だからというわけではない。単純に、女性とふたりっきりで深夜に働くというシチュエーションに、胸が高鳴っていたからだ。

とは言え、彼女に恋慕の情など抱いていない。

確かに仕事ができるだけでなく美人だし、女性としての魅力も充分すぎるほどに溢れている。しかし、尊敬こそしていたが、浮ついた感情は持っていなかった。

正直、怖かったからである。妙な視線を向けただけで、張り倒されそうな気がするほどに。そのくせ、スカートの中を見て、劣情を募らせたのであるが。

今も作業を続けながら、何気なく多華子の方にチラチラと視線を向ける。それも、ボックス席のシートに膝《ひざ》をつき、テーブルの奥側を拭く彼女の、タイトミニに包まれた豊満なヒップに。

（マネージャーのおしり……）

これまで、こんなポーズの後ろ姿を見たことがなかったためか、やけにセクシーだと感じる。これもふたりっきりの効果なのかもしれない。

淳平は、ふと気になった。パンティラインが見えないのだ。中にパンストを穿《は》いているのは確かだけれど、それだけで隠せるものではないと思うのだが。

あるいはTバックなのか。黒いナイロンに透けたクロッチも、かなり細かったから。だとすると、スカートがめくれたら、薄地に透ける臀部《でんぶ》が丸見えではないか。

いつしか淳平は完全に目を奪われ、猛《たけ》るモノがズボンの前にテントをこしらえていた。本人が気づかぬまま。

そのとき、年上の女がシートを拭くために、よりヒップを高く掲《かか》げた。奥の方に落ちない汚れでもあったのか、その姿勢をしばらく維持する。

（あ――）

淳平は心の中で声を上げた。タイトミニの裾《すそ》から、パンストの編み目が濃くなったところ――切り替え部分が完全に見えていたからだ。ふっくらした丸みの下側も、今にもはみ出しそうだ。

そんなものを目にして、健康な男子が平然としていられるわけがない。

淳平は身を屈《かが》め、目の位置を下へ移動させた。少しでも中が覗《のぞ》けるようにと。

ただ、明かりが暗めな上、黒いパンストを穿いているものだから、股間部分は影になっている。目を凝《こ》らしても、下着が見えているのかいないのか、よくわからない。

(ううう、もうちょっとなのに……)

焦《じ》れったいものだから、いつの間にかかなり不安定な体勢になっていたようである。それも、移動できる普通のテーブル席の椅子に膝をのせて。

そのため、淳平はバランスを崩してしまった。

「あ——」

からだがグラッと傾《かたむ》く。まずいと思ったときにはすでに遅く、椅子ごと床にひっくり返っていた。

ガタンっ——ガシャッ。

はずみでワゴンにもぶつかる。載っていたソース瓶《びん》がひとつ、ズボンの股《また》に落ちて中身をぶちまけた。

「ああ、あ」

「ちょっと、何やってるのよ！」

多華子がすぐに気づき、身を翻《ひるがえ》して救いの手を差しのべる。ソース瓶を拾い、被害を最小限に食い止めてくれた。

おかげで、ソースは床にこぼれなかったものの、ズボンの前面にみっともないシミをこしらえた。

「す、すみません」

謝って起きあがろうとした淳平であったが、女上司の目がまん丸に見開かれているのに気がついてドキッとする。

（え——？）

恐る恐る視線を辿《たど》った先には、ズボンのみっともない盛りあがりがあった。そこが昂奮《こうふん》状態なのがあからさまで、ソースのシミが別の液体のように映る。

「あああ、あの、これは」

焦って両手で隠しても、すでに遅い。

多華子が自身がいたところを振り返る。それから、淳平が転ぶ前の位置を確認して、納得したふうにうなずいた。スカートの中を見ようとしたのが、完全にバレてしまった。

（うう、みっともない……）

淳平は俯《うつむ》き、目に涙を滲《にじ》ませた。不肖のムスコもさすがに恥じ入り、頭を垂れる。

これはもう、叱られるのは確実だ。いや、それだけで済むとは思えない。マネージャーの素質がないと、アルバイトとして一から仕事を覚えるよう命じられるのではないか。

情けなさと不安にまみれ、身を縮めたとき、

「ズボン脱いで」

予想もしなかった命令が飛ぶ。

「え？」

顔を上げると、多華子は怒っていなかった。しょうがないわねというふうに、同情の眼差《まなざ》しさえ浮かべていたのである。

おかげで、淳平は勘違いをしてしまった。彼女が若い男の欲望処理を買って出ているのだと。

「い、いえ、それには及びません。ここはもう治まりましたから」

うろたえ気味にかぶりを振ると、多華子がきょとんとした顔を見せる。

「え、治まったって？」

怪訝《けげん》そうに眉をひそめたものの、

「いいから、早く脱ぎなさい。すぐに洗わないと、シミになっちゃうわよ」

急《せ》かされて、早とちりに気がつく。ソースの汚れを落とすために、脱げと促したのだ。

「あ、は、はい」

頬《ほお》を熱く火照《ほて》らせつつ、淳平はズボンを脱いだ。

（僕がへんなふうに勘違いしたの、マネージャーにバレちゃったかな……）

と、心配しながら。おかげで、下半身のみ下着姿というみっともない恰好《かっこう》を晒《さら》すことに、恥ずかしさを感じる余裕がなかった。

「ぬ、脱ぎました」

「じゃあ、貸しなさい。洗ってあげるから。あと、こっちは堂島に任せるわよ」

ソースで汚れたズボンを受け取ると、多華子は厨房へ向かった。シンクで洗うのだろう。

ひとり取り残された淳平は、とりあえず倒れた椅子を起こした。残るは僅《わず》かだから、ひとりで何とかなる。

しかし、自分がブリーフまる出しであることに今さら気がつき、羞恥《しゅうち》にまみれる。とは言え、代わりになる穿き物などない。

ワイシャツの裾をめくって確認すると、さっきの勃起の名残《なごり》である、カウパー腺液のシミが確認できた。まったく、仕事中に何を考えていたのかと、ほとほと自分が嫌になる。

それでも気を取り直し、作業の続きをする。失態を忘れるつもりで集中したおかげで、時間をかけずに終わらせることができた。

　使ったクロスをワゴンに戻したとき、多華子が戻ってきた。

「ソースはちゃんと落ちたわよ。あれ、食器洗いの中性洗剤を使って揉《も》み洗いすれば、新しいものはだいたい落ちるの。それで無理なら、漂白剤を使わなくちゃいけないけど。今後のためにも、覚えておいた方がいいわよ。あ、向こうに干しておいたから、乾くまでちょっと待ちなさい」

「はい……すみません。ご迷惑をおかけしました」

　ワイシャツの裾を引っ張ってブリーフを隠しながら、淳平は深々と頭を下げた。すると、困ったふうな笑顔が向けられる。

「まあ、ミスは誰にでもあるから、あんまりとやかく言うつもりはないけど、堂島の場合は、ちょっと困った問題を抱えてるみたいね」

　きっと性格のことだろうなと、淳平は思った。控え目で自己主張ができないのを、上司たる彼女も理解しているのだ。

（そこを直せって言われるんだろうな。まあ、そうしたいのはやまやまだけど）

　いくら自覚していても、生来の性質はなかなか変えられるものではない。だが、そんなことは言っていられないのだ。

「ちょっと、そこに坐って」

多華子に促され、淳平はボックス席のシートに腰掛けた。きっとお説教をされるのだろうなと、覚悟を決めて。

ところが、てっきり向かいに坐るものと思った女上司が、隣に来たものだから大いにうろたえる。

「え、ま、マネージャー――」

「ほら、もっと奥へ詰《つ》めてよ」

言われて、淳平は戸惑《とまど》いつつも尻をずらした。左隣に身を寄せてきた彼女から、蠱惑《こわく》的な香水のフレグランスが漂《ただよ》ったものだから、ますます緊張する。

これが、ちゃんとズボンを穿いていたら、まだマシだったのかもしれない。ストッキングに包まれた美脚と、自分のナマ脚が触れそうになり、さらに奥へと逃げる。

「ちょっと、行き過ぎよ。まるでわたしが追い詰めてるみたいじゃない」

心境としてはそのものズバリだったものの、上司に向かってそんなことは言えない。

「すみません」と謝り、ブリーフの尻を少し戻す。

「それで、わたしが何を言いたいのか、わかってる？」

横から身を乗り出すようにして訊《たず》ねられ、淳平はどぎまぎした。

「あの……性格や行動を直さなくちゃいけないことだと思います」

「たとえばどんな？」

「ええと、もっと自分の意見をしっかり主張しなくちゃいけないとか、堂々としたほうがいいとか」

「うん。それは確かにそうなんだけど、いちばんの問題は、堂島がそんなふうになっちゃう原因についてなのよ」

「原因……？」

どういうことなのかと目をパチパチさせる淳平に、多華子が決定的な言葉を投げかける。

「堂島って、童貞なんでしょ？」

3

淳平は絶句した。目を見開いたまま固まり、金魚みたいに口をパクパクさせる。

それはつまり、図星を突《つ》かれたからだ。

どうして見抜かれたのかと焦ったものの、そんなものは普段の様子を見ていれば自明のことかもしれない。頼りないし控え目すぎるし、ウエイトレスの女の子にも強く出られず、仕事を押しつけられるぐらいなのだから。

しかし、それだけが理由ではなかったらしい。

「やっぱりね」

淳平の反応から確信したようで、多華子が大きくうなずく。それから、やれやれというふうに下唇を突き出した。

「まあ、女に慣れてないみたいだなっていうのは前から感じてたけど、さっきのあれでよくわかったわ」

「……え、さっきの？」

「わたしのスカートの中を覗こうとしたり、それだけで勃起したり、あれはさすがに童貞が過ぎるわよ」

男ならああいう場合、誰でも似たような行動をするのではないか。もっとも、状況をわきまえずに欲望本位の行動を取ったのは、いかにも童貞と非難されても仕方がない。なぜなら、女性の下着とかセクシーなポーズを、見慣れていないということなのだから。

ただ、そんなことよりも、牡《おす》の昂奮状態を表す単語を多華子が平然と言い放ったことに、淳平は驚かされた。いかにもキャリアレディという美女が、男の前ではしたない発言をしたことがとても信じられなかった。

そのくせ、妙にドキドキして、また海綿体が充血しそうになったのである。

「ようするに、堂島は童貞だから、何事にも自信が持てないんじゃないの？　たぶん、コンプレックスがあるのよ。違う？」

「まあ、それは……」

たしかに未経験ということで、自分はまだ大人になりきれていない、一人前の男じゃないと思うことはある。それで卑屈になることはないものの、自信が持てないのは実際そうかもしれない。

それに、アルバイトたちが自分のことをホセと呼んでいたとき、ひょっとして童貞だから馬鹿にされているのかと考えたのも事実だ。もちろん、彼らがこちらの性体験の有無を知っているはずがない。ただ、多華子に見破られたように、いかにも蔑《さげす》まれている可能性はある。

「これまで女の子と付き合ったことはあるの？」

多華子の質問に、淳平は首を横に振った。

「だけど、好きな女の子はいたんでしょ？」

「はい」

「告白しなかったの？」

「はい……」

「どうして？」

「それは――告白する勇気がなかったからです」

「ふうん。童貞だから勇気が出ないのか、そもそも勇気が出ないから童貞なのか」

そんなニワトリが先か卵が先かみたいなことを言われても困る。

「その様子だと、風俗で遊んだこともないのね？」

「はい」

「キャバクラとかの、女の子がいるお店は？」

「行ったことないです」

「そっか」

どうしようかと考えあぐねるみたいに、女上司が眉根を寄せる。真剣に心配してくれているようで有《あ》り難《がた》かったものの、気がつけば私生活を暴かれて、身も心も裸にさせられた気分だった。実際、下はブリーフがまる出しだったりするし。

「とにかく、自分の性格のことは、堂島もよくわかってるみたいだけど、それを直したかったら、まずは童貞を克服することが必要だと思うんだけど」

童貞を克服するとは、つまり初体験を済ませろということか。

（そりゃ、そういう相手がいれば、僕だって……）

思ったものの口には出さず、淳平は「そうですね」とうなずいた。すると、多華子がじっと見つめてくる。

（え？）

こちらの内心を探るような眼差しに、居たたまれず目を伏せる。落ち着かなくて、シートの上で尻をもぞつかせた。

「ねえ、堂島はさっき、わたしに勃起したオチンチンをいじってもらえるんじゃないかって期待したんでしょ？」

ストレートな問いかけに、淳平は心臓が停まりそうになった。美しい上司が、さっき以上に淫《みだ》らな言葉を口にしたのもさることながら、

（ああ、やっぱりバレてたんだ）

早合点したのを気づかれていたことに、居たたまれなさが募る。その場から逃げ出したかったものの、ボックスから脱出するには彼女を押しのけなければならない。そんなことができるはずなかった。

「やっぱりね……」

納得したふうな声に、耳が燃えるように熱くなる。だが、今さら否定なんてできない。何しろ事実なのだから。

(僕のこと、童貞のくせにいやらしい男だって思ってるんだろうな……)

いや、そもそも男とは見られていないのではないか。と、卑屈なことを考えたとき、予想もしなかったことが起こった。

「こういうことをされたかったんでしょ?」

そう言って、多華子がいきなり股間を握ってきたのである。ブリーフ越しに牡のシンボルを捉《とら》え、揉むように愛撫《あいぶ》する。

「ま、マネージャー、ちょっと——あ、うううっ」

腰をよじって逃げようとしたものの、その前に目のくらむ快美が押し寄せ、抵抗する意志を根こそぎ奪う。あとは背もたれにからだをあずけ、ハッハッと息を荒ぶらせるばかりだった。

「ふふ、大きくなってきたわ」

含み笑いの声が、やけに遠くから聞こえる。快感がふくれあがり、自分がどういう状況に置かれているのか、見失ってしまいそうだ。

「だ、駄目です、こんな……マネージャー」

募る悦《よろこ》びに必死で抗《あらが》いながら、譫言《うわごと》みたいに訴える。だが、手が外されることはなかった。

「あら、こんなになってるのに？」

左側にぴったりと身を寄せ、耳許で艶《つや》っぽく囁《ささや》く年上の女。かぐわしい吐息がふわっと香り、それにも頭がクラクラするようだ。

そのときには、分身は完全にいきり立ち、逞《たくま》しい脈動をしなやかな指に伝えていた。

「けっこう大きいじゃない。さ、おしりをあげなさい」

命じられ、操られるように腰を浮かせると、いとも簡単にブリーフを脱がされる。多華子はシューズを脱いだ足も使って、年下の男の爪先《つまさき》から器用に抜き取ってしまった。

「じゃ、見せてね」

ワイシャツの裾がめくられ、下腹に張りつかんばかりに屹立《きつりつ》した肉器官が晒される。欲望処理の方法はオナニーしかなく、そのためか余り気味の包皮が、亀頭の裾に引っかかっていた。

（ああ、見られた……）

羞恥に身悶《みもだ》えしたくなった淳平であったが、そこを再び多華子の左手で握られ、「ああ」と声を上げた。

（き……気持ちよすぎる――）

柔《やわ》らかな指がまといつき、外側の包皮を緩《ゆる》やかに上下させる。いかにも手慣れているふうだ。まあ、もう三十一歳なのだから当然か。

「すごく硬いわ。やっぱり若いからなのね」

いったい誰と比べているのかと、ちょっぴり気になる。だが、包皮を根元まで剝《む》き下げられ、完全に露出した亀頭を右手の指先で撫《な》でられたものだから、それどころではなくなった。

「くううううっ」

くすぐったさの強い喜悦に、理性が粉砕される。同じことを自分でしても、ここまで感じないのに。女性の手は魔性だと思い知らされた。

さらに、敏感なくびれまでも、柔らかな指頭でこすられる。

「ああ、あ、そこは――」

たまらず腰をガクガクとはずませる。快美が脳天まで貫《つらぬ》き、あまりの気持ちよさに不安を覚えた。このままどうかなってしまいそうで。

しかし、彼女は悦びを与える意図で、そんなことをしたわけではなかったようだ。

「うん、白いのはついてないわ。ちゃんと洗ってるみたいね」

要は恥垢《ちこう》のチェックだったのか。だが、付着物がなくても、匂いまでしないわけがない。多華子はそっと指先を嗅《か》ぐと、悩ましげに眉をひそめた。

そんなしぐさにも、無性にドキドキする。

「堂島のオチンチン、とても立派よ。しっかりエラを張っててかたちもいいし、硬いから気持ちよさそう」

言ってから、彼女が気まずげに咳払《せき》いをする。さすがにはしたない感想であったと、気づいたからだろう。

けれど、すぐに開き直ったようだ。

「ねえ、堂島だってしたいんでしょ、セックス」

「それは……はい」

「初めての相手が、わたしでもいい？」

驚いて向き合うと、艶っぽい眼差しが目の前にある。それに吸い込まれそうになり、気がつけばうなずいていた。

「はい……」

「ちゃんと言いなさい。誰と何がしたいのか」

淳平は、暗示にかけられたも同然だった。ペニスをゆるゆるとしごかれ続けていたためもあったろう。

「僕……マネージャーとセックスしたいです」

声を絞《しぼ》り出すように告げたものの、多華子は不満げだった。

「そんなの駄目よ」

「え？」

からかっただけなのかと落胆したものの、そうではなかった。

「こんなときにマネージャーだなんて、よしてちょうだい。ちゃんと名前を呼んで」

「あ──西脇……さん」

「苗字じゃなくて、下の名前」

畏れ多いと思いつつ、そうしたいという願望もこみ上げる。異性を名前で呼ぶのなんて、小学校以来ではないだろうか。

「多華子さん……」

口にするなり、甘美なものがからだ中に満ちる。呼び方を変えただけで、親愛の情が強まった気がした。

「はい、よくできました」

冗談めかしたふうにクスッと笑った女上司が、ふと真顔になる。そのまま近づいてきたものだから、淳平は反射的に目をつぶった。何をするつもりなのか、言われずとも悟《さと》ったからだ。

顔の真ん前に何かが接近した気配がある。ほのかなぬくみを感じるなり、唇が柔らかなもので塞《ふさ》がれた。

チュッ――。

軽く吸われ、背すじが甘美で震える。

（多華子さんとキスしてる……）

そう自覚したのと同時に、舌が唇を割って入り込んできた。歯並びを辿られ、くすぐったくて喰い縛《しば》っていた力を緩めると、さらに奥へと侵入する。

「んふ……」

多華子が悩ましげに吐息をこぼした。かぐわしさが口内に広がり、温かな唾液も与えられてうっとりする。

（これが大人のキスなのか――）

唇同士のふれあいが、こんなにも快《こころよ》いなんて知らなかった。さっきまでの緊張が嘘《うそ》のようになくなり、淳平も夢中で舌を絡《から》ませた。

だが、うっとりしてばかりもいられない。しごかれ続ける分身が愉悦《ゆえつ》にまみれ、いよいよ危うくなったからだ。ビクンビクンと、しゃくり上げるように脈打つ。

（ああ、まずい……）

快感が全身を痺《しび》れさせ、鼻息が荒くなる。すると、危機を察したのか、多華子が唇をはずした。

「こんなに元気……キスだけで気持ちよくなっちゃったの？」

根元を強く握ってペニスをたしなめ、瞳を淫蕩《いんとう》に潤《うる》ませて訊ねる。

「は、はい」

「キスも初めてだったのね。じゃあ、こんなになっちゃうのも無理ないわ」

納得した面持ちでつぶやき、彼女がまた手を上下させる。

「あ、あ、多華子さん――」

淳平は焦り、唇を引き結んで呻《うめ》いた。

「イッちゃいそうなの？」

「はい……もう限界です」

泣きそうになって告げると、年上の女がクスッと笑った。

「可愛《かわい》いわ。そういう素直なところ、わたし大好きよ」

彼女がここまで親密さをあらわにしてくれたのは初めてで、淳平は胸が熱くなるのを覚えた。単純に嬉《うれ》しかったのだ。

「じゃあ、一度出してスッキリしたほうがいいわね。若いんだから、何度でもできるでしょ？　それに、挿《い》れてすぐに出しちゃったら、堂島もつまらないだろうし」

つまり、セックスしてもすぐに爆発しないよう、事前に射精させるということか。

（じゃあ、本当に多華子さんと——）

初体験が待ち受けていると知り、心が躍《おど》る。分身も喜びをあらわに頭を振った。

「ふふ、そんなにわたしとしたいの？」

猛るモノに声をかけ、多華子が手の動きをリズミカルにする。たちまち終末が迫り、淳平は息を荒ぶらせた。

「ああ、た、多華子さん」

「いいわよ。いっぱい出しなさい」

職場でもあるファミレスのボックス席で、上司たる美女からペニスをしごかれる。いいのだろうかとためらわずにいられないシチュエーションでも、募る快さが他の感情を押し流した。

「ほら、アタマのところ、パンパンになってる。お汁もこんなにこぼしちゃって」

再び添《そ》えられた指が、張り詰めた亀頭にカウパー腺液を塗り広げる。ムズムズする気持ちよさに、忍耐があっ気なく砕かれた。

「くああ、あ、ホントに出ます」

「いいわよ。あ、すごい。また硬くなった」

「ううう、い、いく――」

奥歯を嚙み締めて告げたところで、めくるめく歓喜に巻かれる。全身がバラバラになるような快感は、オナニーでは決して得られなかったものだ。

そのため、ザーメンがかつてない勢いでほとばしる。

「くはッ」

同時に、喘《あえ》ぎの固まりも喉《のど》から飛び出した。

「あ、出たわ。すごい」

明るく声をはずませながら、多華子が強ばりをしごき続ける。おかげで、淳平は最後の一滴まで、気持ちよく放精することができた。

4

香り高い牡の白濁液は、一部がワイシャツや太腿に落ちた以外は、前のテーブルに飛び散っていた。

（……気持ちよかった）

卑猥《ひわい》な形状でのたくる自身の体液を眺め、せっかく綺麗にしたのにと、淳平は些末《さまつ》なことを考えた。それから、多華子に叱られるのではないかとも。

もっとも、他ならぬ彼女が、射精に導いたのだ。

「いっぱい出たわ」

嬉しそうな声を耳に入れ、ようやく絶頂後の虚脱状態から抜け出す。だが、軟《やわ》らかくなったあとも、しなやかな指が秘茎を揉みしごいていたため、快感の余韻《よいん》は続いていた。からだのあちこちがピクッ、ビクンと痙攣《けいれん》するほどに。

「気持ちよかった？」

「はい……」

「そう。よかったわ」

ニッコリ笑った女上司が、ペニスから指をはずす。白い粘液が付着していたそれを鼻先に運び、うっとりした顔で嗅いだ。

「元気な精子の匂いがするわ」

愉《たの》しげに言われ、淳平は頬を火照らせた。

ワゴンからナプキンとクロスを取り、多華子が後始末をしてくれる。悪いと思ったものの手を出すことがはばかられ、淳平は肩をすぼめて坐っていた。

ただ、太腿の精液を拭《ぬぐ》われたのはまだしも、鈴口に滲《にじ》む半透明のものまで薄紙に吸い取られたのは、居たたまれなさが募った。

しかし、それで終わりではなかったのである。

「じっとしててね」

笑顔で注意を与えた彼女が、膝の上に顔を伏せる。そのときは、精液が残っていないかチェックするのだと思っていた。ペニスが温かく濡れたものに包まれるまで。

チュパッ——。

亀頭を吸われ、淳平は「あああっ」と声を上げた。のけ反って背もたれにからだをあずけ、膝をガクガクとわななかせる。

ヌルッとした舌が、敏感な部位を狙って這《は》い回る。温かな唾液の海にどっぷりとひたった分身が、狂おしいまでの悦びにまみれた。射精直後のせいもあって、目の奥に火花が散るようだ。

(多華子さんが僕のを——)

美しい上司からフェラチオをされている。そう理解するなり、海綿体に血液が舞い戻った。それも、かつてないスピードで。

「ぷは──」

張《みなぎ》りきった牡器官から、多華子が口をはずす。いきなりのフル勃起についていけなかったらしい。

「すごいわ。もう元気になっちゃった」

唾液に濡れたものをニギニギし、さらにヌメリを利用してしごく。

「ああっ、あ、多華子さん」

たちまち危うくなり、淳平は焦って声をかけた。

「え、またイッちゃいそうになったの？」

彼女は驚きを浮かべながらも、勃起から指をはずしてくれた。

「敏感なのね。まあ、童貞クンだから仕方ないけど」

馬鹿にしているわけではないとわかっても、瞼《まぶた》の裏が熱くなる。単に自分が情けなくて、恥ずかしかったのだ。

（もっと早く体験していたら、こんなみっともない思いをしないで済んだのに……）

けれど、童貞だったからこそ、多華子はこうして相手をしてくれるのだ。

ままならないものだと、内心でため息をこぼした淳平の隣で、年上の女が腰を浮かせる。シューズを脱ぎ、シートの上で膝立ちになった。

「もうちょっとそっちに下がってもらえる？」

「あ、はい」

奥側に尻をずらすと、彼女は淳平に背中を向けてヒップを差し出した。

（ああ……）

さっきも目にした、タイトミニに包まれた豊かな丸み。距離が縮まったことで、よりエロチックなものに感じられる。

「これ、邪魔かしら」

つぶやいた多華子が、後ろ側にあったホックをはずす。さらにファスナーもおろし、ためらうことなくスカートを脱いでしまった。

あらわになる、黒いパンストに包まれた熟《う》れ尻。密《ひそ》かに予想したとおり、パンティはTバックだった。薄地に臀部がそのまま透けていたのだ。

（なんていやらしいんだ！）

こんなものを間近で見るのなんて、もちろん初めてのこと。かすかに感じられる、酸《す》っぱいような甘いような匂いにも、牡の情欲を煽《あお》られる。これはもしかしたら、秘められた部分が漂わせるものなのか。

おまけに、彼女がシートの背もたれとテーブルに手をついて、パンスト尻を突き出したのである。それこそ、深い谷に埋まったTバックの細身が見えるぐらいに。

「あとは堂島が脱がしなさい」

こちらを振り返らずに多華子が言う。どことなく突き放した口調ながら、これも彼女の優しさなのだと淳平は悟った。男なんだから、やりたいようにしなければ駄目だと、身をもって教えているに違いない。まあ、照れくさいのもあるかもしれないが。

とにかく、ここで怖じ気づくわけにはいかないと、思い切って手をのばす。

すぐに脱がせてもよかったのであるが、その前に感触を確かめたくなった。曲面に沿って指を浅く曲げ、もっちりした質感の伝わってくるおしりに手のひらを当てる。

「あん」

その瞬間、多華子が小さな声を洩《も》らし、艶肉をプルッと震わせる。あるいは、さわられることを予期していなかったのか。

だが、淳平はそんなことはかまわず、ほんのりザラつくナイロンの手ざわりと、尻肉の柔らかさにうっとりした。

（素敵だ……）

いかにも重たげな丸みは、脂《あぶら》がよくのっているふう。頼りない柔らかさではなく、薄布越しでも豊かな弾力が感じられた。

実際、パンストに爪が引っかからないよう注意深く揉むと、やすやすと指がめり込むのに、離すとすぐにかたちを戻すのだ。

初めての尻愛撫に、淳平は夢中になった。飽《あ》きもせずパン生地のような臀部を揉み撫でていると、女上司が焦れったげに腰を揺らす。

「ねえ、脱がさないとセックスができないのよ」

急かすようなことを口にしたのは、牡の強ばりを手や口で愛撫し、劣情を高めていたからではないのか。

（多華子さんも、したくなっているのかもしれない）

だとすると、すでに濡れているのではないか。いくら童貞でも、女性が昂奮すると愛液を分泌させるという知識ぐらいはある。

パンスト越しに確認したものの、Ｔバックのクロッチにシミらしきものは確認できなかった。明かりが充分でなく、影になっていたからよく見えないのだ。

だったら、脱がせればはっきりすると、パンストのゴムに手をかける。そのまま中の下着ごと、一気に剝きおろした。

ぷりん――。

白い臀部があらわになり、丸まるとしたお肉がゼリーみたいにはずんだ。わずかなシミもくすみもない綺麗な桃肌は、薄明かりの下でも輝かんばかりに綺麗だった。

だが、淳平が最も目を惹《ひ》かれたのは、決して公にすることを許されない、女性の秘められた部分だ。

（これが多華子さんの――）

それほど縮れていないがよく繁茂した叢《くさむら》の奥、肌の色が濃くなったところに、肉の花びらがあった。二枚が抱き合うように重なったものが。

女性器はネットの無修正画像で見たことがある。目の前にあるものは、それと大差のないかたちや色をしていた。

だが、当然ながら、実物はより生々しい。見た目ばかりでなく、胸を揺さぶるなまめかしい媚臭がむわむわとたち昇ってくるからだ。汗の香りを熟成させ、そこにチーズなどの発酵食品を練り込んだみたいな。

加えて、排泄口たるツボミも、童貞青年を淫靡《いんび》な物思いに誘《いざな》う。短い毛がまばらに生えたところは卑猥ながら、ピンク色に染まった放射状のシワが恥ずかしそうに収縮する姿に、ときめかずにいられなかった。

と、脱がせたTバックの、クロッチの裏地が目に入る。そこは全体に薄黄色く汚れ、いびつなかたちで付着した透明汁を鈍《にぶ》く光らせていた。

（やっぱり濡れてたんだ）

昂奮したためではなく、日常的な分泌物かもしれないという可能性など、淳平は考慮しなかった。なぜなら、牡をその気にさせる淫らこの上ない恥香に、鼻息を荒くしていたからである。

そのとき、多華子がテーブルについていた手を後ろに回す。臀部の右側を摑《つか》むと、片手で尻の谷を割り開いた。

「見える？　これがオマンコよ」

美しい女上司が口にした卑猥な単語は、淳平には衝撃的であった。さらに、ひしゃげてかたちを変えたアヌスや女陰にも、情欲を沸《わ》き立たせる。

「いいわよ。オチンチン、オマンコに挿れなさい」

彼女はすぐに交わるつもりでいたようだ。童貞の部下が昂奮しすぎて爆発する前にというつもりなのか、それとも自身が逞しいモノで貫かれることを欲したためなのか、本心はわからない。

ただ、自らのフェロモンの効果を過小評価していたのは、誤算だったと言える。

（うう、たまらない……）

めていた。

気がつけば、淳平はもっちりした熟れ尻に両手をかけ、あらわに晒された女芯に顔を埋《うず》めていた。

「え——？」

何をされたのか、多華子は咄嗟《とっさ》にはわからなかったらしい。しかし、敏感なところに吹きかけられる熱い吐息を感じて、年下の男が予想外の行動に出たことに気づいた。

「だ、駄目っ！」

叱りつけ、腰を振って逃れようとする。けれど、そんなことで淳平が怯《ひる》むことはなかった。いつもの彼ならいざ知らず、今は昂奮に我を忘れていたのだから。

（ああ、すごい、すごい）

ケモノのごとく鼻を鳴らし、むせ返るような淫香を胸いっぱいに吸い込む。頭がクラクラしたものの、それが妙に心地よかった。

香水や料理とは異なり、誰もがいい匂いだと認めるものではない。むしろクセがありすぎるぐらいなのに、こんなにも惹かれるのはなぜだろう。

匂いばかりではない。顔を押しつけている豊臀の、なめらかでぷりぷりした感触もたまらない。お肉を揉みほぐしながら、臀裂にこもる蒸れた汗の臭気も愉しんだ。

もしもそのとき、秘肛周辺に用を足した名残を嗅いだとしても、淳平は嬉々《きき》として堪能したであろう。女上司の恥ずかしい秘密を暴き、いっそう頭に血が昇ったかもしれない。しかし、トイレの洗浄便座で綺麗にしているのか、残念ながら究極のプライバシーを知ることはできなかった。

それでも、彼女には身をよじりたくなるほど恥ずかしい仕打ちだったに違いない。

「やめなさい、もぉ……そ、そんなところ嗅ぐんじゃないの。くさいんだから」

涙声で叱るものの、こんな状況では普段の威厳は通用しない。そもそも男の前で不用意に下半身をあらわにしたのが悪いのだ。

おそらく、童貞だから大したことはできまいと、多華子はたかをくっていたのだろう。だが、何もせずにいるには、美尻の見た目も肌ざわりも、何よりも素の牝臭が、あまりに魅力的すぎたのである。

そして、匂いに惹かれれば、次は味わいたくなるのが人情というもの。

「あひッ」

多華子が鋭い声を上げ、剝き身の双丘をビクビクとわななかせる。部下である童貞の舌が、敏感な一帯をねぶりだしたのだ。

しかも、本能に任せて荒々しく。

「あ、あ、駄目——いやぁ、そ、そこ、汚れてるのよぉ」

だが、淳平はその部分をくさいとも、汚れているとも感じていなかった。非難されても自分には関係ないと思うだけである。

花弁の狭間には、粘《ねば》っこい蜜《みつ》が溜《た》まっていた。舌に絡めてすすり取ると、味蕾《みらい》に甘塩っぱさが広がる。

(ああ、美味しい)

有りのままの味が、殊《こと》のほか貴重なものに思える。さらにあちこちを探索すると、

「はあああッ」

なまめかしい声が突如大きくなったものだから、さすがに淳平は驚いた。しかも、女芯がキュッキュッとせわしなく収縮したのだ。

(感じたんだ、多華子さん)

意識せず、敏感なところを舐めたのだと理解する。おそらくここではなかったかと、知識にのっとって恥ミゾの陰阜側を舌先で探索すれば、「くううっ」と切なげな呻き声が聞こえた。

(そうか。ここがクリトリス……)

知識どおりだったから嬉しくなる。フード状の包皮がはみ出したところを、さらに重点的にねぶりまくれば、年上の女が乱れだした。

「あああぁ、そ、そこぉッ」

あられもないことを口走り、熟れ尻をいやらしく振り立てる。ファミレスのボックス席で、腰回りのみをまる出しにして身悶える美人上司。膝立ちでヒップを突き出した姿勢は不安定なため、シートの背もたれとテーブルに手をついて、どうにか支えている様子だ。

それでも、童貞青年のクンニリングスで、悦楽の高みへと順調に昇っていく。舌によってもたらされる快感に加え、洗っていない性器を部下に舐められることに、淫らな気分を高めていた部分もあるのではないか。

「ううう、い、いいの、そこ……あああ、もっと舐めて」

とうとうはしたないおねだりまで口にした。

たわわな尻肉と密着し、秘核舐めに徹する淳平の鼻は、尻ミゾに埋まっていた。鼻の頭がちょうどアヌスに当たっており、そこがヒクヒクと蠢《うごめ》いているのがわかる。

（ここも感じるのかな？）

試《こころ》みに、舌を動かしながら、鼻先でツボミをぐにぐにと圧迫する。と、熟れた女体がいっそうくねりだした。

「ああ、あ、もっとぉ」

嬌声《きょうせい》が広いフロアに反響する。

二点責めが効果的だと知り、淳平はさらに秘肛を抉《えぐ》った。すると、さっきはなかった香ばしい発酵臭が感じられたものだから、胸を高鳴らせる。

（多華子さんの、おしりの匂い――）

鼻の頭でアヌスをこすられ、シワのあいだに潜《ひそ》んでいたエッセンスか、内部の臭気が洩れたのではないか。ともあれ、究極のプライバシーを暴いて、全身が熱くなるほど昂奮する。

おかげで、舌づかいがいっそうねちっこくなった。

「くはっ、は――あああ、も、ダメぇ」

いよいよ切羽《せっぱ》詰まった声をあげた女上司に、愛しさが募る。もっと感じさせてあげたくて、包皮を舌先で剝き、敏感な肉芽を直《じか》に狙った。

「あ、いやっ、イッちゃう」

呻くように告げるなり、三十一歳の艶腰がガクンとはずむ。尻の谷で淳平の鼻を強く挟み込み、下半身をワナワナと震わせた。

「あ、ふはっ、あ、くはぁ……」

深い呼吸を繰り返したあと、多華子はからだを折り、シートにうずくまった。丸いおしりを淳平に向けたまま。

あとは肩を大きく上下させ、成熟したボディから甘酸っぱい匂いをたち昇らせる。

（……イッたのかな？）

それっぽい反応だったのは確かである。だが、女性との親密なふれあいはこれが初めてという淳平に、正確な判定などできない。

ただ、なまめかしいかぐわしさが濃くなったのは、汗ばんだ証拠だろう。だとすると、絶頂はせずとも、かなりのところまで高まったのは間違いあるまい。

（僕が多華子さんを感じさせたんだ）

童貞の身で、ここまでできるとは。初体験前にもかかわらず、男としての自信が湧いてくるようだ。

と、ようやく呼吸が落ち着いたか、多華子がからだを起こす。淳平を振り返ると、涙目で睨んだ。

「や、やめなさいって言ったのに、どうしてあんなことしたのよ⁉」

苛立った口調ながら、頰が真っ赤である。そのため、叱責も単なる照れ隠しにしか感じられなかった。

（可愛いな）

年上相手に、淳平はほほ笑ましさを覚えた。それでも、ここは上司の顔を立てるべきだと判断し、

「すみませんでした」

と、素直に謝る。けれど、彼女はそんなことでは許せなかったようだ。

「ったく、仕事のあとでシャワーも浴《あ》びてないのに……あんなくさくて汚いところを舐めるなんて、どうかしてるわよ。童貞のくせに、匂いフェチなの？　今からこんなんだと、もう一生変態の烙印を押されちゃうからね」

確かにやり過ぎたかもしれない。だが、いくら上司の言葉でも、受け入れられることと、受け入れられないことがある。

「くさくなんかなかったです」

「え？」

淳平の反論に、多華子が虚《きょ》を衝《つ》かれたふうに固まった。

「それに、汚いとも思いませんでした。多華子さんのアソコはとても素敵で、魅力的だし、いい匂いだと感じたんです。だから我慢できなかったんです」

思ったことを率直に述べると、彼女は狼狽をあらわにした。

「あ、あんなのが、いい匂いのはずないでしょ」

ということは、清める前の自身の秘部がどういう匂いなのか、ちゃんと知っているのだ。しかし、だからこそ納得できない。

「それに、多華子さんだって、僕のペニスや精液の匂いを嗅いだじゃないですか。しかも嬉しそうに」

「べ、べつに嬉しいなんて……」

「きっと、それと同じだと思うんです。多華子さん自身は好きじゃないかもしれないですけど、僕は多華子さんのアソコの匂いが大好きです。それに、味だって」

「も、もういいわよ。わかったから」

それ以上言わせまいとしたのだろう、女上司が声を荒らげる。今にも泣き出しそうに目が潤んでいた。

（おしりの匂いも嗅いだことを教えたら、本当に泣いちゃうかもしれないぞ）

さすがにそれは可哀想《かわいそう》かと、淳平はやめておいた。

「とにかく、これは堂島を男にするために始めたことなんだからね。わたしのことはどうでもいいのよ」

取り繕《つくろ》ったことを述べ、多華子がシートの上で四つん這いの姿勢をとる。肘《ひじ》を折ってヒップを高く掲げると、年下の牡の前に、再び秘められた部分を晒した。

「オチンチン、どこに挿れるのかわかる?」

イッたあとで恥ずかしいからだろう、シートに額をつけたまま訊ねる。バックスタイルを選んだのも、顔を合わせることを避《さ》けてではないのか。

「ああ、はい。たぶん」

「じゃあ、挿れなさい」

言われて、淳平は彼女の真後ろで膝立ちになった。

いきり立つペニスは鋼《はがね》のごとき硬度を保っている。鈴口から透明な先汁をこぼし、ふくらみきった亀頭は、雁首《かりくび》の段差を際立たせていた。

その部分は昂ぶりをあからさまにしているのに、比較的落ち着いていられたのは、年上の女を感じさせたあとだからだ。これなら初体験もうまくいくに違いないと、さほど根拠のない自信すら抱いていた。

下腹にへばりつくものを、苦労して前に傾ける。左手を熟した臀部に添え、赤く腫《は》れた頭部で恥芯をさぐれば、粘膜が温かく濡れたものを感じた。

(うん、ここだな)

恥ミゾのアヌスに近い側に、くぼんだような潤みがある。そこが膣の入り口なのだ。

「そう、そこよ」

多華子も声をかけてくれた。

「では、挿れます」

ふうと息をひとつ吐いて、淳平は前に進んだ。肉槍の丸い先端が、狭《せま》い入り口を圧《お》し広げる。

「あ、あ――」

女上司が焦った声を洩らした。窮屈《きゅうくつ》そうに感じられた膣口を、間もなく径の太いところが乗り越える。

ぬるん――。

くびれが強い締めつけを浴びるなり、多華子が「はあー」と長い息を吐く。それまで呼吸を止めていたらしい。尻割れも悩ましげにすぼまった。

あとは大丈夫だろうと、淳平は両手で艶尻を支えると、残りの部分を女体の奥へと侵入させた。愛液のヌメリが摩擦を軽減し、あとはスムーズに結合が果たせる。

「お、おふ――あぁ」

喘ぎをこぼした女体が、背中を弓なりにする。

（ああ、入った）

下腹と臀部が密着し、淳平は腰をブルッと震わせた。

初めて味わう膣感触。温かくて、柔らかくて、ぴっちり包み込まれる感じが切ないまでに気持ちいい。これで男になったという喜びも、快感を高めてくれるようだ。

(もう僕は童貞じゃないんだ!)

世界中に誇《ほこ》りたい気分になる。何しろ、初めてのひとが、こんなに魅力的な年上の女性なのだから。

多華子がそろそろと顔を上げ、こちらを振り返る。

「オチンチン、ちゃんと入ってるわ。これで堂島は男になったのよ」

はにかんだ笑みを浮かべての祝福に、涙が溢れそうになる。

「はい。これも多華子さんのおかげです。ありがとうございます」

「いいのよ。わたしも気持ちよくしてもらったから」

答えてから、彼女は《しまった》というふうに顔をしかめた。余計なことを言ってしまったと悔やんだようだ。

(やっぱりイッたんだな)

年下の、しかも童貞男のクンニリングスで昇りつめたのは、プライドが許さないのかもしれない。だが、そんな意地っ張りなところも、今は可愛いと思う。

「僕、多華子さんが初めてのひとでよかったです。本当に、すごく気持ちいいです」

素直な感想にも、美人上司は気まずげに目を泳がせた。

「そ、そんなこと言わなくてもいいの」

むくれながらも、女膣をキュッキュッとすぼめてくれる。快さがふくれあがり、淳平は
「あうう」と呻いた。

「そんなに気持ちいいのなら、好きに動いて、早くイッちゃいなさい」

突き放した言い方も照れ隠しなのだと、今はわかる。

「え、中に出していいんですか？」

「いいわよ。お好きにどうぞ」

そう言って、多華子はまた顔を伏せてしまった。

（ホント、可愛いひとだな）

愛しさを募らせつつ、腰をそろそろと引く。逆ハート型のヒップの切れ込みに、濡れた肉棒が現れた。そこには、白く濁《にご》った蜜汁もまといついている。

（うう、いやらしい）

昂ぶりに任せ、勢いよく中へ戻すと、下腹のぶつかった臀部がぷるんと波打つ。

「くうううっ」

年上の女がなまめかしい声を洩らした。

バックスタイルは、結合部がしっかり確認できるから、初めての体位に相応《ふさわ》しいのではないか。淳平も焦ることなく、落ち着いて腰を前後に振ることができた。

程なく、ピストンがリズミカルになり、速度もあがってくる。

パンパンパンパンパン……。

ぶつかり合う下半身が湿った音を鳴らす。時おりグチュッと、蜜壺がかき回される卑猥な粘つきがこぼれた。

「あ、あ、あ、あん、感じる」

多華子も身をよじってよがりだす。

(これがセックスなのか――)

腰を前後に振り、濡れた洞窟《どうくつ》に分身を出し挿れしながら、淳平は快感と感動で胸をふくらませた。

濡れた内部は変化に富み、ベロの先みたいな突起が無数にあるようなのだ。それが雁首の段差をぴちぴちと刺激し、筋張った肉胴もこすってくれる。

(なんて気持ちいいんだ)

腰振りの勢いが増し、熟れ尻をいっそう音高く打ち鳴らす。結合部からたち昇る酸っぱいようなセックスの匂いも、淫らな気分を高めてくれた。

「ああ、あ、あふっ、ううう、くうぅーン」

なまめかしい声をあげ、女上司が腰をくねらせる。尻の谷底に見えるアヌスが、もっとしてとねだるみたいにヒクついていた。

悦びにまみれながらも、簡単に上昇する気配がなかったのは、膝立ちのおかげらしい。オナニーのときだって、寝そべるか寄りかかるかしないと、絶頂に至るのは難しい。それと同じことが、セックスにも言えるようだ。

(正常位だったら、すぐに出ちゃってたかも)

やはりこの体位は、初体験にベストのようだ。そして、じっくりと女体を味わえるぶん、男になれたのだと強く実感できる。

そして、自信も湧いてくる。

このあと、すぐに変わることは難しいかもしれないけれど、マネージャー補佐として、これまで以上に頑張れそうな気がする。いや、きっとできるに違いないと思った。

(多華子さんのおかげだ)

感謝の気持ちを込めて、抽送《ちゅうそう》を激しくする。熱さを増した膣奥を抉ると、彼女はのけ反って艶声をほとばしらせた。

「ああ、あ、オチンチン、硬いのぉ」

淫らな言葉に、劣情が沸き立つ。女体をはね飛ばさんばかりに、下腹を勢いよく豊臀にぶつけると、多華子はまた高みへと舞いあがった。

「あふっ、あっ、あああ、イヤイヤ、ま、またイッちゃうぅぅぅ」

悩乱の声をあげる女上司を、淳平は腰の疲れも厭《いと》わず、責め苛《さいな》み続けた。

第二章　バイトリーダーの悩み

1

童貞を卒業して迎えた、初めての朝――。

「ううーん」

八畳一間のアパート。敷《し》きっぱなしの蒲団《ふとん》の上でからだを起こし、淳平は大きく伸びをした。なんて爽《さわ》やかな朝なのかと思った途端、

「いてててて」

腰に痛みが走り、情けなく声を上げる。まだ二十二歳と若いのに。

(うう、やり過ぎたかも)

痛みと倦怠《けんたい》にまみれた腰をさすりながら、淳平は顔をしかめた。それでも、昨夜のこと

を思い出せば、自然と頰《ほお》が緩《ゆる》む。

（気持ちよかったな、多華子さんとのセックス……）

朝勃ちの分身が、いっそう力を漲《みなぎ》らせる。手で射精させられたあと、さらに女上司の膣奥へ二回もほとばしらせたのに、そこは普段以上の勢いを取り戻していた。

（僕は、セックスで多華子さんをイカせたんだ）

胸はずむひとときを回想し、淳平は男になった喜びを嚙《か》み締《し》めた——。


「——あ、あ、イクの。も、ダメぇ」

背中を弓なりにした多華子が、アクメ声をほとばしらせる。四つん這《ば》いのまま、シートの上でからだをはずませ、間もなくぐったりと脱力した。

「はあ、はぁ……」

腕に顔を埋《うず》め、肩を上下させる。だが、膣に埋まったペニスが上向いていたので、ヒップは高く掲《かか》げたままであった。

クンニリングスで導いたときよりも、反応を際立たせたオルガスムス。両手を添《そ》えた熟《う》れ尻が、汗ばんでしっとりしていた。

（すごい……初体験で、女のひとをイカせるなんて）

童貞を卒業しただけでも感激なのに、ここまでできるとは。ひょっとしたらセックスの才能があるのではないかと、淳平は思いあがったことを考えた。

膣肉に包まれた肉茎も、誇《ほこ》らしげに反《そ》り返る。そこはムズムズする悦《よろこ》びにまみれていたが、より狂おしい快感が欲しくなる。

なまめかしく収縮する蜜穴が、もっと突《つ》いてと求めているよう。心地よい締めつけにもうっとりしながら、淳平は抽送《ちゅうそう》を再開させた。

ぢゅぷ――。

たっぷりと溢《あふ》れているらしい愛液が、卑猥《ひわい》な音を立てる。強《こわ》ばりを出し挿《い》れすることで、さらにぢゅくぢゅくと泡立った。

「あ……や、やだ、イッたばかりなのにぃ」

年上の女が悩ましげに身をくねらせる。それにもかまわずピストン運動を続けると、また艶《つや》めいた声が聞こえだした。

「あ、あふ、ううう、い、いいの、お、オマンコ溶《と》けちゃう」

愉悦《ゆえつ》に溺《おぼ》れての卑猥な発言に、腰づかいが煽《あお》られる。下腹とヒップのぶつかり合いが、パンパンと音高く響いた。

（うう、気持ちいい）

腰の裏が甘く痺《しび》れてくる。簡単に昇りつめることのない体位でも、さすがに危うくなってきた。

けれど、もう一度彼女を絶頂に導いてからと、歯を喰《く》い縛《しば》って腰を振る。一心に責め続けたおかげで、女体がわななきを示しだした。

「イヤイヤ、ま、またイッちゃふぅううーッ」

歓喜の声をほとばしらせ、美人上司が尻の谷をいく度もすぼめる。膣もキツく締まり、それが淳平のオルガスムスを誘った。

「あ、あ、僕も――」

ハッハッと呼吸を荒くしながら、熱情の証しを放出する。粘《ねば》っこくて熱いエキスを、ドクドクと。

「あうう、お、奥に出てるぅ」

熟れたボディがヒクヒクと痙攣《けいれん》し、多華子がまたシートに突っ伏《ぷ》す。淳平は挿入したまま、彼女に身を重ねた。

（すごく出た……）

見なくてもわかる。強烈な快感が体幹を走り抜け、体液が尿道を通過するたびに、目の奥に火花が散った気がした。

女性の中に射精するのは、なんて気持ちいいのだろう。ペニス全体を包まれているから、出し切った今も余韻《よいん》が長く続くようだ。

「ああ……ふは——」

深い呼吸を繰り返すのを耳に入れながら、淳平は未《いま》だペニスが猛《たけ》っていることに気づいた。さっきは射精して間もなく萎《な》えたのに、快《こころよ》い締めつけと媚肉の蠢《うごめ》きを感じるそこは、活力を充塡《じゅうてん》したままであった。

（気持ちいいから小さくならないのかな……？）

なまめかしい匂いを漂《ただよ》わせるボディに被さったまま、腰を小刻みに動かしてみる。逆流したザーメンがまといつき、狭《せま》い中でもよくすべりそうだった。

ただ、射精直後のため、ムズムズする快さの中に鈍《にぶ》い痛みがある。このまま続けようかどうしようかと迷ったとき、

「ああん、もう……」

多華子がうるさそうに身をよじった。もう満足したから、これ以上しなくてもいいと言いたげに。

そんな態度をとられると、かえって苛《いじ》めたくなる。

淳平はからだを起こし、串刺《くしざ》しにされたヒップを持ちあげた。ペニスをくびれまで引き

抜いてから、膣奥まで勢いよく戻す。

ばつン——。

湿った音が鳴り、「きゃふンッ」と鋭《するど》い嬌声《きょうせい》があがる。そのままストロークの長いピストン運動に移行すれば、

「あ、あ、いやぁああっ」

女上司が悲鳴をあげて腰をくねらせた。

「も、もうイッたんだってばぁ」

「僕はまだです」

簡潔に答えて腰を振り、女芯を深々と抉《えぐ》る。抜き挿しされる強ばりの脇から、泡立った精液が溢れ出した。

「あ、あん、ダメなのぉ」

なじりながらも、女膣はもっとしてと言わんばかりに、分身をキュウキュウと締めつけてくる。鈍い痛みも消え去り、淳平はひたすら悦びを求めて腰を振った。

「ああん。もう……こんなつもりでお店に寄ったんじゃないのにぃ」

今さら遅いことを嘆《なげ》きつつ、多華子が抽送に合わせて尻を上下にはずませる。また快感が高まってきたようで、切なげな喘《あえ》ぎがこぼれだした。

「あ、あ、あ……んぅう、う――はぁん」

色めいた反応に昂《たか》ぶりをふくらませつつ、淳平は年上の女を責め続けた――。


結局、淳平が二度目の精を放つまで、多華子は何度も昇りつめたようである。二回目までは『イクぅ』と叫んだものの、あとは悶絶《もんぜつ》したふうに裸の腰回りをピクピクさせるだけになったため、はっきりとはわからなかった。

そんなことも思い出したものだから、爽やかな朝にもかかわらずモヤモヤしてくる。強ばりきった分身をブリーフ越しに握りしめれば、背すじにズキンと快美が走った。

（オナニーしようかな……）

淳平はチラッと時計を確認した。

マネージャーは支店を回る関係上、出勤と退勤の時刻が固定されていない。昨日は深夜まで勤めたから、今日は出勤時刻が遅くてもいいのである。

よって、自慰をしても遅刻する心配はない。そもそも、すでにはち切れそうなほど硬くなっているから、五分もかからず射精するだろう。

さっそくブリーフを脱ごうとした淳平であったが、

『――今夜だけよ』

多華子の言葉が脳裏に蘇《よみがえ》り、動きが止まる。激情のひとときが終わって身繕《みづくろ》いを済ませたあと、彼女が乱れた髪を手櫛《てぐし》で整えながら言ったのだ。

『今はこういうことになったから、名前で呼んでもらったけど、明日からはちゃんとマネージャーって呼びなさいよ』

そのとき、多華子は眉根《まゆね》を寄せたしかめっ面《つら》であった。

もしかしたら、単なる照れ隠しだったのかもしれない。しかし、突き放された感じがして、淳平はショックを受けた。もう二度と、魅力的な上司と親密な関係を持てないと思ったからだ。

すると、落胆したのが伝わったらしい。彼女が《しょうがないわね》というふうに優しい目を見せた。

『わたしが言ってるのは、けじめをしっかりつけなくちゃいけないってこと。堂島とセックスしたのは事実だけど、それで変に馴《な》れ合うつもりはないわ。だって、堂島はわたしの部下なんだから』

言われたことはもっともだから、淳平は渋々《しぶしぶ》『わかりました……』と返事をした。特別な関係になれた気がしていたのに、単なる思い過ごしだったようだ。浮かれていた自分の馬鹿さ加減にあきれる。

自己嫌悪に陥《おちい》ったものの、多華子がニッコリと笑顔を見せてくれた。

『まあ、ちゃんと仕事ができるようになったら、ご褒美《ほうび》を考えてもいいけどね』

『ほ、本当ですか？』

前のめり気味に確認すると、彼女がまた眉をひそめた。

『がっつくんじゃないの。言ったでしょ？　仕事ができるようになったらって』

注意され、淳平は首を縮《ちぢ》めた。そのあと、ふたりで後始末をして、店を出たところで別れたのである。

（つまり、多華子さんから認められるようになれば、またあいうことが——）

期待を抱きつつも、別れ際に言われたことも思い出す。

『堂島はもう童貞じゃないんだから、これからはもっと積極的になって、彼女もちゃんと作るのよ』

だが、彼女ができたら、もう多華子と抱き合うことはできないではないか。

仕事のできる美人上司と恋人関係になりたいと、分不相応なことを望んでいるわけではない。初体験こそ済ませたものの、自分が彼女とまったく釣り合わないのは重々承知している。

しかし、まだまだ甘えたいし、優しくされたい気持ちがある。もっとも、そんなことを言おうものなら、多華子に叱《しか》られるのもわかっていた。

(彼女を作れってことは、もう僕とセックスするつもりはないのかも……)

上司として見かねて、あるいは気の毒に思って、童貞を奪ってくれただけなのか。今後も親しくするつもりなどなくて。

(要するに、多華子さんにとって、僕は単なる部下でしかないってことなんだよな)

そんなことを考え、なんとなくブルーになってしまったものだから、ペニスが軟《やわ》らかくなる。淳平はオナニーを諦め、脱ぎかけたブリーフを戻した。

(……ま、初体験ができただけでも、幸運だって思わなくっちゃ)

多くを望んでは罰《ばち》が当たる。それに、社会人としても男としても、まだまだ成長しなければならないのは事実なのだ。甘えは禁物である。

(よし。頑張って多華子さん——マネージャーから認められるようにならなくっちゃ)

新たな意欲を胸に抱き、淳平はシャワーを浴《あ》びてすっきりしようと、バスルームに向かった。

2

本社で事務関係の仕事を終わらせたあと、今日も淳平は東京西店に向かうことになった。多華子は別の担当店に行くとのことで、しっかりやりなさいと励《はげ》まされる。

「メニューが新しくなったから、混乱がないかちゃんとチェックしてね」

「はい。わかりました」

「それから、また仕事を押しつけられたりしないように。仮にそうなっても、今夜は助けに行かないからね」

そう言って、彼女が思わせぶりに目を細めたのは、昨夜のことを匂わせてなのか。

「は、はい」

淳平はしゃちほこ張って返事をしたものの、頬がどうしようもなく熱くなった。

店へは車で向かう。途中、渋滞があって、一時間以上かかってしまった。

裏口から入り、バックヤードを通ってフロアに出てみれば、ランチの混雑は終わったようでお客は少ない。主婦らしきグループや、学生の姿がまばらに見えるのみ。座席は三割も埋まっていなかったであろう。

「あ、堂島さん、おはようございます」

真っ先に声をかけてくれたのは、ドリンクバーで補充作業をしていた、ウエイトレスの服部いずみだ。笑顔が愛らしい彼女は、女子のバイトリーダーでもあった。

「おはようございます」

淳平はぺこりとお辞儀をして、挨拶《あいさつ》を返した。

敬意を払ったのは、彼女が自分よりも長く「もんぐりる」に勤めていることに加え、二十四歳と年上だったからである。マネージャー補佐だから、アルバイトの履歴関係は頭に入っている。

ウエイトレスの制服は、白いブラウスにオレンジ色のスカート、胸当て付きの白いエプロンと、至ってシンプルだ。スカートも膝《ひざ》上だし、裾《すそ》が広がっていない。

それだけにひとを選ばないし、年齢が上の女性でも着こなせる。実際、東京西店ではいずみが最年長だが、他の店舗では三十代後半のパート主婦もいて、同じものを違和感なく着用しているという。

そういう、決して派手ではない制服姿でも、いずみには華《はな》があると感じる。接客業に大切な笑顔がチャーミングであることに加え、もう五年も勤めていることで仕事のノウハウをしっかり理解しており、自信に溢れているからであろう。

淳平はいずみを、頼りになる姉のように感じていた。フロアのヘルプに駆《か》り出されるときも、わからないことはすべて彼女に訊《たず》ねた。

正社員がアルバイトに頼るようでは、問題ありとも言えよう。だが、キャリアも技能もいずみのほうが優れているのだから仕方ない。だからこそ、昨夜も彼女がいないことを嘆いたのである。

「あ、昨日はすみませんでした。急にお休みをいただいて」

いずみが頭を下げる。体調不良で休むと連絡が入り、そのため淳平がヘルプから後始末までさせられたのである。

しかし、いずみを恨《うら》む気にはなれない。なぜなら、彼女がどれだけ頑張っているのか、知っているからである。

バイトリーダーとしての責任感からか、誰よりもシフトを入れている。それこそ急に都合が悪くなった者が出ると、代わりを務めるのはだいたい彼女だ。開店から閉店までいることもザラである。もちろん、そのときにはあいだに休憩を取るのだが。

とにかく、働き過ぎじゃないかと、淳平も心配していた。昨日、具合が悪くなったと連絡があったときには、きっと過労だと確信したぐらいだったのだ。

「いいえ、いいんですよ。それより、おからだはだいじょうぶなんですか？」

訊ねると、いずみは「はい、おかげ様で」と答えた。それから淳平の顔を見て、可笑《おか》しそうに白い歯をこぼす。

「え、何か?」

「いえ……前から思ってたんですけど、堂島さんに丁寧《ていねい》な言葉遣いをされると、なんだか照れくさくって。わたしはアルバイトで、堂島さんはマネージャーなのに」

立場の違いを認識しているようだ。陰で「ホセ」などと呼び、馬鹿にしているバイト連中に、彼女の爪の垢《あか》を煎《せん》じて飲ませてやりたい。

ただ、いずみから上に見られると、照れくさいのは淳平も一緒だ。

「マネージャーと言っても補佐ですから」

「それは関係ないと思いますけど」

「あと、服部さんのほうが年上ですし、ここでのキャリアだって、僕よりも長いじゃないですか」

「でも、去年もわたしより年下で、入ったばかりの社員さんが研修にいらしてましたけど、堂島さんみたいな言葉遣いじゃなかったですよ」

「いや、ひとはひと、自分は自分です」

淳平はきっぱりと告げた。

と、昨日までの自分は、こんなふうに異性と気安く言葉を交わすなんてできなかったことに気づく。いずみに敬語を使うのは変わっていないけれど、もっとオドオドしていたのではなかったか。

（これも童貞を卒業したおかげなのかな……）

そして、年上のバイトリーダーも、淳平の変化を感じたらしかった。

「堂島さん、何だか変わられましたよね」

「え、そ、そうですか？」

ひょっとして、初体験を済ませたことを悟《さと》られたのか。などと、あり得ないことを考えてしまったのは、いずみを姉のように感じていたからだ。淳平自身はひとりっ子であるが、年上の彼女に何もかも見透《みす》かされている気がした。

もちろん、そんなことがあるわけがない。

「ええ。何だか、頼り甲斐《がい》が出てきたみたい」

いずみに褒《ほ》められ、淳平は嬉《うれ》しくなった。この店では先輩に当たる彼女に、それだけ成長したと受け止めてもらえたのだから。

もっとも、裏を返せば、これまでは頼りなかったということなのだが。そこまで深く考えずに礼を述べる。

「ありがとうございます。服部さんにそう言ってもらえると、これからも頑張れそうです」

　すると、一瞬きょとんとしたいずみがプッと吹き出したものだから、淳平は戸惑《とまど》った。

（あれ、何か変なこと言ったかな？）

　あるいは、敬語が過剰だったのだろうか。我知らず眉をひそめると、彼女が「あ、ごめんなさい」と謝る。

「堂島さんを見てたら、弟を思い出しちゃって」

「え、弟？」

「八つ違いで、まだ高校生なんですけど、年が離れているせいか、わたしに対しても言葉遣いが丁寧なんです。あ、べつに、そんなふうに躾《しつ》けたりしてませんよ。もともと素直だから、両親の言いつけもしっかり守る子で――」

　嬉しそうに話すところから、いずみは弟のことがかなり好きなのだとわかる。今は離れて暮らしているのが寂《さび》しいとも言ったから、少々ブラコンの気がありそうだ。まあ、八つ違いなら、幼いときに面倒を見てあげたのだろうし、姉よりは保護者に近い心境なのかもしれない。

　ともあれ、姉のように感じていた女性から、弟を思い出すと言われたのである。心が通じ合ったようで、淳平は自然と頰が緩んだ。

　それを別の意味に捉《とら》えたのだろうか。

「すみません。弟みたいだなんて言って」

　いずみが恐縮したふうに肩をすぼめ、また謝る。

「いえ、いいんです。僕も服部さんのことを――」

　姉のように感じていたと言いかけて、淳平は口をつぐんだ。

　彼女は実の弟を思い出したから、弟みたいだと言ったのである。べつに姉がいるわけでもないのに同じようなことを口にしたら、変なふうに誤解される恐れがあった。

「え、わたしが何ですか？」

　いずみが首をかしげる。

「あ、いえ、何も……と、とにかく、元気な様子で安心しました。あまり無理をしないでくださいね」

「だいじょうぶですよ。もう元気になりましたから」

「いえ、今後の話です」

「え、今後って？」

「服部さんは、シフトが埋まらなかったりすると、全部自分で引き受けていたじゃないですか。リーダーとしての責任感からだと思うんですけど、それで無理をして、また倒れたりしたら心配だと思って――」

淳平が言葉を失ったのは、彼女が大きく見開いた目を不意に潤《うる》ませたからだ。そのため、今度こそまずいことを言ってしまったのかと思ったのである。

「あ、す、すみません。僕、変なことを言ったみたいで」

「ううん。そうじゃないんです」

いずみがかぶりを振って目許を拭《ぬぐ》う。それから、にっこりと白い歯をこぼした。

「ありがとうございます。堂島さんに心配していただいたから、わたし、ますます元気になりました」

要は気遣ってもらったのが嬉しかったのか。感謝してもらえるのは光栄でも、根本的な問題が解決していないのでは意味がない。

(労働環境の改善が必要じゃないのかな……)

この東京西店で言えば、シフトに対応できるだけのアルバイトが揃《そろ》っていないように見える。そのため、いずみ一人が無理せざるを得ない状況に陥っているのではないか。

もっとも、都内の飲食業はどこもアルバイト不足だ。募集してもなかなか集まらないと聞いている。そう簡単に解決できることではないだろう。

それに、アルバイトをどのぐらい雇《やと》うかは、店長が決めることである。マネージャーとして指導や助言はできるものの、自分にそこまでの力量がないこともわかっていた。だいたい、口出しをするなと店長に反発されたら、何も言えなくなるだろう。

（つまり、服部さんが苦労しているのは、僕が至らないせいでもあるんだよな……）

偉そうに励ましている場合じゃないと、自己嫌悪に陥る。

「……どうかしましたか？」

落ち込んだのが顔に出たらしい。彼女が心配そうに訊ねてくる。

「あ――い、いえ、何も」

取り繕って口角を持ちあげたものの、かなりぎこちない笑顔であったろう。そのとき、

注文のチャイムが鳴る。

「はーい。ただ今お伺《うかが》いいたします」

いずみは明るい声で返事をすると、

「それじゃ、わたしはお客様のところへ行きますから」

一礼して、フロアのほうに向かう。その後ろ姿を見送りながら、

（なんとかしなくちゃな……）

淳平はひとりうなずいた。

3

やはりいずみがいると違うなと、淳平は感心した。お客の案内から注文、テーブルの片付けに至るまで、誰よりもてきぱきとこなす。営業終了後の後始末も、他のウエイトレスに指示を出して、効率的に仕事を進めた。そして、三十分とかからず、ほとんど終わらせたのである。

昨日の自分を思い返すと、雲泥の差である。淳平は恥じ入りつつも参考にしなければと、最後の仕上げをする彼女の仕事ぶりを観察していた。

もっとも、他の部分にも目を奪われたのであるが。

制服のスカートは、動きやすさを考慮してタイトでこそない。しかし、フレアタイプでもないため、屈《かが》んだりするとヒップのかたちがわりあいはっきりとわかる。それこそ、テーブルを拭《ふ》くときにおしりを突き出すような恰好《かっこう》をすると。

いずみのバックスタイルを、いけないと思いつつも眺《なが》めてしまうのは、昨晩の多華子とのことを思い出すからだ。

三十一歳の成熟した、しかもタイトミニの張りついた丸みと比較すれば、二十四歳のそれはボリュームもセクシーさも足りない。けれど、テーブルを拭きながら左右に揺れる若尻を盗み見れば、自然と胸がときめく。わずかに浮かぶパンティラインからも、どんな下着を穿《は》いているのかとつい想像してしまう。

だが、ペニスが膨《ふく》らみかけていることに気づいて、慌てて視線を逸《そ》らす。そんなところを誰かに見つかっては大変だからだ。

とりあえず深呼吸をして落ち着こうとしたとき、

「それじゃ、お先に」

厨房から出てきたのは、チーフの木谷《きたに》だ。東京西店のハンバーグは、彼が主に焼いている。

木谷は淳平に気づくと、「おい、堂島」と声をかけてきた。

「あ、はい」

「本社の連中に言っといてくれ。メニューを変更するのなら、もっと腕を振るえるやつにしてくれって」

厨房のメインスタッフ、特にハンバーグを焼くチーフとサブに関しては、各店舗ではなく本社が雇い、それぞれの店に配置している。彼らは研修を受けて、相応の技能を身につけているものの、もともと料理人だったという者は少ない。

だが、三十五歳の木谷は、かつて有名な洋食屋で働いていたという。そのため、自分は特別だという自負があるようだ。

現に、厨房でもかなり威張《いば》りくさっている。その他のスタッフに対しても、小馬鹿にする言動が目についた。いずみは敬意を示してくれるのに、淳平のことも明らかに下に見ている。

もっとも、ハンバーグを焼く腕は確かなので、誰も文句を言えない。

「はあ……でも、どこの店舗も同じものを提供するとなると、あまり凝《こ》ったメニューは企画できないと思うんですけど」

「だったら、無能なやつらを集めて特訓すればいいんだよ。たかがファミレスの料理ぐらい、目をつぶっててもできるぐらいにならなくっちゃ」

尊大な物言いに、淳平はさすがに腹が立った。だったら自分が一流レストランのシェフにでもなればいいじゃないかと反発を覚える。

（要するに、そこまでの腕を持ってないから、ファミレスぐらいのところで威張ってるだけなんじゃないか？）

思ったものの、口には出せない。機嫌を損ねて彼に辞《や》められたら、店が困るのも確かなのだ。

それに、新米の淳平には、年長者のスタッフに苦言を呈《てい》するだけの度胸などなかった。

「まあ、厨房スタッフの研修に関しては、本社にも要望を出してみます」

口先だけの約束をすると、木谷は「頼んだぜ」と得意げに笑った。意見が通ったと思ったのか。単純な男である。

そこへ、ウエイトレスのアルバイトが通りかかる。

「キャッ」

彼女が悲鳴をあげたのは、木谷がおしりにタッチしたからだ。

「もう、何するんですか!?」

「おっと悪い。ハンバーグと間違えた」

くだらないことを言って、下卑《げび》た笑みを浮かべる。その場面を目撃したのは、淳平は初めてだったが、彼はしょっちゅうこういうことをしているようなのだ。加えて、言葉によるセクハラもあるらしい。

さわられた女の子が、悔《くや》しげに木谷を睨《にら》みつける。それから、淳平のほうに救いを求める眼差《まなざ》しを向けた。マネージャーなんだから注意して欲しいと、暗に訴えているのがわかる。

だが、淳平は何も言えなかった。視線に耐《た》えきれず目を伏せると、小さな舌打ちが聞こえる。悔しくてたまらなかった。

「じゃあ、頼んだぜ、ホセ。じゃなかった、堂島か」

口調からして、わざと言い間違えたのは明らかだ。それでも「はい、わかりました」と返事をするだけの自分が情けない。

木谷が去り、ウエイトレスの子も荒《すさ》んだ足取りでバックヤードに向かう。その場にいることが耐えられず、淳平はお手洗いへ向かった。ちょうど別のウエイトレスが掃除に入るところだったので、

「あ、ここは僕がやるよ」

と、半《なか》ば無理やりに引き継ぐ。そんなことで罪滅ぼしができるとは思えなかったが、何かしないと気が済まなかったのだ。それに、さっきの女の子と顔を合わせるのもつらかったから。

トイレはそれほど汚れてはいなかった。けれど、時間をかけて念入りに掃除したものだから、けっこう時間がかかった。

道具をしまって外に出ると、他のスタッフはもう帰ったらしい。明かりの落ちたフロアは静まりかえっている。

淳平は安堵《あんど》してバックヤードに向かった。

（あれ？）

事務所のドアから明かりが洩《も》れていたものだから、首をかしげる。店長が売上げのチェックでもしているのだろうか。

そのとき、

「どうして駄目《だめ》なんですか？」

中から声が聞こえてドキッとする。

（え、服部さん？）

いずみだった。いつも穏《おだ》やかな彼女が、珍しく声を荒らげている。

「駄目とは言ってない。そこまで必要ないんじゃないかと言ってるんだ」

「いいえ、是非必要なんです。あと三人、いえ、せめてふたりいれば、シフトがもっと楽に回せるんです」

応対している声は、店長の村上《むらかみ》だ。アルバイトの数を増やすよう、直談判しているのだとわかった。

「そりゃ、人数が多くなれば楽に回せるのは当たり前さ。だが、そうすると給与だの手当だの保険だの、やらなくちゃいけない手間が増える。それは誰の仕事だ？」

「……店長です」

「つまり、服部は自分が楽をするために、おれの仕事を増やそうとしてるんだな？」

嫌みったらしい言い方に、淳平は怒りを覚えた。必要なスタッフを確保するよう努めるのは、店長として当然の責務だからだ。

（ようするに、面倒なことを避《さ》けようとしてるだけなんだよな）

口調にも、怠惰《たいだ》な心根が表れている。

声だけでそこまで断定できるのは、普段の言動からも事なかれ主義で、責任感に欠ける人間だとわかっていたからだ。そのくせ態度は尊大で、厨房チーフの木谷と似たタイプである。

（木谷さんもそうだけど、この店の年長の男は、ろくなのがいないな）

村上は四十代のはずだ。もうちょっとしっかりしてもらわなくては困る。

とは言え、淳平のようなペーペーが何か言ったところで、聞く耳など持つまい。多華子なら毅然《きぜん》としているから、相手が年上だろうが関係なく、指導できるのだろうが。

やっぱり、自分がマネージャーとして、しっかりしなければならないのだ。他人を責めている場合じゃない。淳平はそう自らに言い聞かせた。

ともあれ、村上の木で鼻をくくったような対応にも、いずみは簡単に引き下がらなかった。バイトリーダーとしての責任感からだろう。

「そういうことじゃありません。だいたい、新しいアルバイトを入れるようにって、マネージャーの西脇さんの指導があったはずですけど」

「募集はしてるさ。だが、今はどこも人材不足で、なかなか集まらないんだよ」

「だったら、時給を上げるとか」

「馬鹿か、お前？　新しく入るやつの時給を上げたら、お前らの時給も上げなきゃならなくなるじゃねえか」

品のない言葉遣いで反論したあと、村上店長が「ははあ」と穿《うが》ったふうに相槌《あいづち》を打つ。

「なるほど、それが狙《ねら》いか」

「そんなんじゃありません。わたしはただ——」

「ああ、もう、わかったから。とにかく、新規採用に関してはおれがいいようにやっとくから、お前はとにかくシフトがうまく回るように調整することだけを考えろ。あと、クレームをつけるだけつけて、くれぐれも自分が休むなんてことはないようにな」

嫌みっぽい口調に、昨日休んだばかりのいずみは、何も言えなくなったようだ。

「それから、どうしても人間が足りなかったら、堂島がいるだろ。マネージャー補佐の。あいつを使っとけばいいんだよ。どうせバイト代はいらねえんだから」

思いがけず自分の名前が出たものだから、淳平は驚いた。しかも、明らかに軽く見られている。

(店長は、僕のことをその程度の価値しかない人間だって考えてたわけか……)

確かに新米で、店の手伝い以外にできることなどあまりない。だが、役立たずと決めつけられているようで面白くなかった。

いや、正直、傷ついていた。

「ほら、用事が済んだら早く帰れ。おれは今日の売上げをまとめなくちゃならないんだ。これ以上邪魔されたら、たまったものじゃない。さあ、帰った帰った」

「……失礼します」

絞《しぼ》り出すような声に続いて、事務所のドアが開く。落ち込んで佇《たたず》んでいた淳平は、とっさに動けなかった。

「え?」

いずみが驚きをあらわにする。だが、こちらの表情を見て、立ち聞きされたことを悟ったのではないか。『あいつを使っとけばいい』という暴言も含めて。

「あの、堂島さん——」

後ろ手でドアを閉めながら、いずみは声をかけようとしたらしい。だが、適当な言葉が浮かんでこなかったのか、押し黙ってしまった。意図してではなかったにせよ、とばっちりを喰らわせたことを申し訳なく感じているようにも見えた。

彼女はすでに制服から私服に着替えている。ポロシャツにジーンズというラフなスタイルは、いかにも真面目《まじめ》な彼女に相応《ふさわ》しい。目にするのは制服姿がほとんどだったから、妙に新鮮だった。

ともあれ、気まずくて仕方がない。何か言わなければと追い詰められ、

「あ――もう帰るんですか？」

当たり前のことを訊ねると、いずみが戸惑い気味にうなずく。

「じゃあ、送ります。夜道の独り歩きは危ないですから」

そんなことを女性に言ったのは、もちろん初めてであった。

4

いずみの住んでいるのは、店から一キロほどのところにある、住宅街の中のアパートだった。白壁の外見は新しく見えたものの、最近外壁を塗《ぬ》り替えたからで、実際は築二十年近いそうだ。

「だから、お家賃も安いんですよ」

そのときにはもう気まずさが消えており、彼女は笑顔で打ち明けた。そして、

「せっかくだから、コーヒーでも飲んでいってください」

と誘われる。

「いえ、でも……」

「わざわざ送っていただいたんですから、お礼ぐらいさせてください。それから、お話ししたいこともありますから」

「え、話って?」

「それは中で。さ、どうぞ」

そこまで言われては固辞することもできず、あがらせてもらうことにした。夜だから大丈夫だとのことで、車をアパートの前に駐車して。

お邪魔すれば、2Kの間取りの部屋は、なるほど昔ながらの雰囲気があった。六畳の二間はどちらも和室とのことで、色あせた畳《たたみ》敷きだったせいもあるだろう。

正直、通された部屋に限って言えば、淳平が住む安アパートと大差ない。ただ、当然ながら、こちらのほうがきちんと片付いていた。

いずみはここに、短大時代から住んでいるという。

(じゃあ、六年ぐらいになるのかな?)

そのわりに、室内にあるものは必要最小限というふうである。テレビも型が古いものだったし、二人掛けのカウチやテーブルも、ずっと使われている感じがあった。今のシンプルな装《よそお》いそのままに、それほど女性らしさをアピールしていないインテリアだ。

もっとも、寝室に使っているというもうひとつの部屋は、襖《ふすま》がぴったりと閉じられて見えない。そちらにはフェミニンなアイテムがあるのかもしれなかった。

ただ、室内にこもる甘ったるいかぐわしさには、異性を意識しないわけにはいかなかった。

普段、店で接するときには、彼女の匂いなど意識しない。私服ではなく制服姿だったし、ハンバーグなどの肉や脂《あぶら》の風味が強い料理のせいでわからなかったのだ。

だからこそ、女らしくて甘い香りに、戸惑いすら覚えたのである。

「じゃ、ここに坐《すわ》ってください。あ、楽にしてくださいね」

淳平にカウチを勧《すす》め、いずみがキッチンのほうにさがる。お言葉に甘え、ジャケットを脱いで腰掛けると、布張りのそれはクッションが柔《やわ》らかく、最高の坐り心地だった。

にもかかわらず落ち着かなかったのは、繊維に彼女のパフュームが染み込んでいたらしく、悩ましさが募《つの》ったためだ。

（ここでうたた寝することもあるんだろうな……）

正面にテレビがあるから、視聴しながら眠気に襲われることもあるだろう。あと、風呂上がりにここでひと休みして、バスタオルをまとったまま、うとうとしたりとかも。

そんな場面まで想像し、ますますモヤモヤしてくる。当人の部屋にいて、柔らかくていい匂いのするカウチに腰掛けているものだから、その光景がリアルに浮かんだ。

淳平は小鼻をふくらませ、尻をもぞつかせた。股間の分身が熱を帯び、ムクムクと膨張する。

(どうしたっていうんだよ……)

昨夜、多華子を相手に童貞を卒業したばかりだというのに、もう新たな女性を求めているというのか。しかも、いずみは意味ありげな素振りなど見せていないのに。

いくら何でもがっつきすぎだと自分自身にあきれたとき、ふと思い出す。話があるといずみに言われたことを。

(いったい何だろう?)

考えていると、彼女が戻ってきた。

「お待たせしました」

トレイに載せて運ばれたものが、前のテーブルに置かれる。ペアカップに注《そそ》がれたコーヒーと、スティックシュガーにポーションクリーム。

（ペアのカップってことは、彼氏と使っていたものなのかな……？）

何となく気になる。部屋には特に写真など飾っていないし、恋人がいる様子はない。だが、笑顔が魅力的な、二十四歳の女性なのである。これまで誰とも付き合っていないなんてことはあるまい。

「ごめんなさい。インスタントしかなくて」

「いえ、ごちそうになります」

遠慮なく厚意を受ける気になっていた淳平であったが、いずみがすぐ隣に腰を下ろしたものだから狼狽《ろうばい》する。カウチは二人掛けでも小さめだから、ほとんど寄り添うかたちになったのだ。彼女自身が漂わせる甘い香りも相まって、眩暈《めまい》を起こしそうになる。

だが、女性のほうから身を寄せてきたのに、男である自分がビクつくなんてみっともない。もう童貞じゃないのだから。

（そうさ。僕は男になったんだ。こんなことぐらいで緊張してどうするんだよ）

自らに言い聞かせ、気持ちを落ち着かせるためにコーヒーをいただく。クリームだけを入れ、スプーンを使わずに口をつけたものの、

「あちッ」

思った以上に熱かったものだから、カップを落としそうになった。

「あ、熱かったですか？」

心配そうに声をかけられ、耳が火照《ほて》る。飲む前に確認すればよかっただけのこと。子供じゃあるまいし、こんなことで心配させてどうするのだ。

「い、いいえ、だいじょうぶです」

カップをソーサーに戻し、淳平は取り繕って答えた。すると、いずみがクスクスと笑い出したものだから、居たたまれなくなる。

（うう、みっともない……）

その場から逃げ出したかった。

「あ、ごめんなさい、笑ったりして。また弟のことを思い出しちゃったんです。あの子もよく確認しないで食べ物に口をつけて、熱がったりしてたから」

それを聞いて、ますます身の縮む思いがする。彼女の弟は高校生なのであり、やはり子供じみたところを笑われたのだ。

おかげで、二つしか年が違わないのに、いずみがずっと年上に感じられてきた。いや、自らの幼さを自覚させられたと言うべきか。

「あ、あの、そんなことより、話があるってことでしたけど」

誤魔化《ごまか》して話題を変えるなり、彼女が真顔になったものだから、不安が胸をよぎる。

何かやらかしただろうかとあれこれ考える。すると、いずみが心配そうに顔を覗《のぞ》き込んできた。

「あの……千晶《ちあき》ちゃんと何かあったんですか？」

「え？」

「着替えのとき、なんだかすごく怒ってたんですけど、堂島さんのこと」

言われて、厨房チーフの木谷におしりをさわられた子だと思い出した。注意してくれなかったことを根に持ったらしい。

（そうだよな……あの場は、マネージャーとしてきちんと指導すべきだったのに）

あの子が怒るのも、ホセなんて陰口を叩かれるのも当然だ。

「えと、実は――」

淳平は恥を忍び、今夜の出来事をいずみに打ち明けた。

「そうだったんですか……」

納得したふうにうなずいた彼女が、眉をひそめる。

「ホント、木谷さんには困っちゃうんですよね。いつもセクハラばかりするんですから」

「やっぱりそうなんですか？」

訊ねると、いずみは憤慨《ふんがい》の面持ちで「ええ」と答えた。

「わたしもおしりをさわられたことがあるんです。そのときに、やめてくださいって強く注意したら、二度となかったんですけど。要するに、自分より弱い相手にしか、そういうことができないんですよね。だって、西脇マネージャーには一度も手を出したことがないんですから。年は木谷さんのほうが上のはずですけど、やっぱり怖いんでしょうね」

けっこう気が小さいらしい。だからこそ女の子だとか、自分のような新人相手にしか、強く出られないのだろう。

（大したことないのやつなんだな）

とは言え、そういう相手に何もできなかったのだ。彼を嘲《あざけ》る資格はない。ただ、いずみのおしりをさわったことに関しては、無性に憤《いきどお》りがこみ上げた。

「あと、言葉のセクハラもけっこうあるんですよね。わたしにも言ってきますよ。おしりをさわったのを注意されたこと、けっこう根に持ってるみたいです。それで、口に出してから、『あ、ごめん。セクハラだったね』なんて、わざとらしく謝ったりして。言うだけ言ってすぐに逃げるんです。ずるいったらないですよね」

「うん……」

同意しつつも、自らの至らなさに気が滅入り、言葉が出てこない。自然と俯《うつむ》きがちになる。

　そのため、いずみも気まずくなったのか、口を閉ざしてしまった。

　ふたりとも黙りこくり、重苦しい雰囲気になる。もう帰ったほうがいいんじゃないかと思いながらも、沈黙を破るのが怖くて行動が起こせなかった。

　すると、予想もしなかったことが起こる。淳平はいきなり抱き寄せられ、気がつけば柔らかなボディと密着していたのだ。

（え、えっ⁉）

　混乱したのは、ほんの短い時間だった。あとは悩ましいほどのかぐわしさに包まれ、うっとりして身を任せる。

　いずみに抱きしめられていると理解したのは、そんな状態が一分近くも続いてからだった。

「心配しなくてもいいんですよ」

　耳もとで囁《ささや》かれる。鼓膜《こまく》を震わせる心地よい響きも、甘美であった。

「木谷さんに注意できなかったこと、気にしてるんですよね。千晶ちゃんが怒ってたなんて、わたしが言ったから。でも、だいじょうぶです。悪いのは木谷さんだって、あの子もわかってますから」

同じことを、普通に向かい合って言われたとしたら、ただの気休めだと思ったに違いない。けれど、親愛の情をあらわにしたスキンシップのおかげで、言葉が胸にすとんと落ちる。

（……お姉ちゃんって、きっとこんな感じなんだろうな）

想像でしかなかったことが、強く実感される。本当に、姉から慰《なぐさ》められ、いたわられている気がした。

おかげで、気持ちがすっと楽になる。そのせいで、別の感情もふくれあがった。何しろ、胸のふくらみや弾力を感じるほどに抱きしめられ、甘い香りをたっぷりと嗅《か》いでいるのだから。

姉のように感じていても、本当の姉ではない。魅力的な年上の女性であり、それゆえに牡《おす》の劣情が呼び覚まされる。

（あ、まずい――）

部屋に入ってから感じていた悩ましさが、ここへ来て一気にふくれあがる。欲望の血流が下半身に集中し、淳平は否応なく勃起した。

それも、ズボンの前を勢いよく突き上げるほど隆々と。

どうにかして隠さなければと、淳平は焦《あせ》った。いずみは親切心からここまでしてくれているのに、不埒《ふらち》な感情を抱いたなんて知られたら、一発で信頼を失ってしまう。

しかし、抱き合ったままで股間に手をのばすことは難しい。妙な動きをしたら、かえって誤解される恐れもあった。

結局、何もできぬまま、彼女から背中を撫《な》でられ続ける。

「さ、少しは楽になりましたか？」

「……うん」

「よかった」

いずみがそっと身を離す。途端に、淳平は物足りなさを覚えた。

（もっと抱いててほしかったのに……）

それだけ心が安らいだのだ。

「突然ごめんなさい。堂島さんが、とても暗い顔をしていたから、何とかしてあげたくなったんです」

そう謝った彼女の頰は、わずかに赤らんでいる。妙に色っぽくて、淳平の心臓は鼓動を速めた。

「い、いえ……こちらこそ」

訳のわからない受け答えをしてしまうと、いずみが口許をほころばせる。

「本当に、弟みたいだわ」

「え？」

「ウチの弟——一樹《かずき》っていうんですけど、よくこうやって抱っこしてあげてたんです。悩んでいるときとか、あと、叱ったり注意するときにも。そうすると、素直に何でも話してくれたし、悪いことをしたときには、ちゃんと謝ってくれたんですよ」

自分も同じことをされたら、きっと彼女の弟と同じく、素直になるに違いない。何を言っても受け止めてくれそうな安心感と、包容力を感じるからだ。

（だけど、多華子さんのほうがずっと年上なのに、服部さんのほうがお姉ちゃんみたいだな……）

おそらく、いずみは弟がいて、実生活でもお姉ちゃんだから、そんなふうに感じるのではないか。

「……僕も、服部さんがお姉ちゃんみたいに感じます」

店では言えなかったことが、躊躇《ちゅうちょ》なく口から出る。これもいずみの「姉効果」なのだろう。

「うれしいわ。だったら、もっと甘えていいわよ」

優しい笑顔を向けられ、胸がときめく。すっかり姉の気分になったのか、言葉遣いも年上らしいくだけたものになった。

では、また抱きしめてもらえるのだろうか。期待がこみ上げたものの、彼女が困ったふうに首をかしげたものだからドキッとする。

「でも、弟なのにこれはどうかしら」

こちらに手がのばされるなり、淳平は「あうう」と呻《うめ》いた。股間のテントを、いずみが素早く握ったのだ。

「お姉ちゃんに抱っこされて、オチンチンをこんなに大きくしちゃうなんて、しょうがない子ね」

あきれた口調で言いながらも、そそり立つものをズボン越しに揉《も》みしごく。おかげで、牡器官はいっそう力を漲らせた。

「あ、は、服部さん」

「じゃなくて、お姉ちゃんでしょ」

いずみは姉弟プレイを愉《たの》しむつもりらしい。もしかしたら、離れて暮らすことで弟成分が不足していたものだから、こんなことを始めたのではないか。

（まさか、最初からこういうつもりで、僕を部屋に誘ったんじゃ——）

勘繰りすぎかと思ったものの、その可能性はゼロではない。そして、淳平もその気になりつつあった。

「お……お姉ちゃん」

呼びかけるなり、全身に甘美なものが行き渡る。足が地に着かず、ふわふわする感じもあった。

「はい、よくできました」

冗談めかして白い歯をこぼしたいずみが、高まりから手をはずす。しかし、これで終わりではなかった。テーブルをずらし、カウチの前に膝をつくと、今度を淳平のベルトを弛《ゆる》めたからである。

「おしり上げて」

素直に従うと、ズボンを奪われる。前面を不格好に盛りあげたブリーフが、彼女の目の前に晒《さら》された。

「わ、すごい」

目を丸くしたいずみが、続いてにんまりと笑みをこぼす。そんな反応にも、居たたまれなさが募った。

「やっぱり男の子だね、堂島さ——ううん、淳平は。お姉ちゃんに抱っこされて、エッチな気分になっちゃったの？」

呼び捨てにされ、ますます弟気分が高まる。そのため、

「ごめんなさい、お姉ちゃん……」

と、淳平もその気になってしまった。

「いいのよ。許してあげる。だけど、こんなのを見せられたら、一樹のオチンチンも思い出しそう」

うっとりした述懐に、淳平は（え？）となった。

（それって、つまり――）

いずみは、実の弟の勃起も目にしたことがあるのか。いや、口調からして、もっと深い関係にあったようなのだが。

疑念が顔に出たのか、彼女は焦りを浮かべた。

「あら、違うわよ。ヘンな想像しないで。わたしは一樹と、いやらしいことなんてしてないんだからね」

だが、仮初《かりそ》めとは言え、姉弟に成り切って淳平のペニスを愛撫《あいぶ》したのだ。あまり説得力がない。

「そりゃ、甘えられると可愛《かわい》いから、あれこれしてあげたくなっちゃうけど、一樹は淳平みたいに、抱っこしただけでオチンチンが大きくなったりしなかったもの」

ムキになって反論されると、かえって疑わしい。それに、弟に対して抗《あらが》い難い感情があると、認めているではないか。

「でも、一樹君のここがこんなふうになったのを、気持ちよくしてあげたことがあるんじゃないの?」

確認すると、いずみが返答に詰《つ》まる。どうやら図星だったらしい。

「だけど、あれは――」

弁解しかけて口ごもる。しばらく逡巡《しゅんじゅん》したあと、彼女は仕方ないというふうに打ち明けた。去年の夏の出来事を――。

5

思いがけず夏休みがもらえたので、いずみは二年ぶりに帰省した。

何より楽しみだったのは、弟の一樹との再会である。一緒に泳ぎに行ったり、夜は花火をしたりと、遊ぶ計画を頭の中で立てていたのである。

ところが、高校生になった彼は、以前のように『お姉ちゃん、お姉ちゃん』とまつわりついてこなかった。それどころか妙に素っ気なく、話しかけても面倒くさそうにするばかりだったのである。

いずみは寂しかったし、悲しかった。そういう年頃だとわかっていても、ウチの弟は特別だという思い込みがあったせいで、なかなか受け入れられなかった。これでは帰省した意味がない。すぐに東京へ戻ろうかとも考えた。

失意のままひと晩を過ごし、よく眠れなかったせいで、いずみは寝坊をした。お昼近くになって起きると、すでに両親はいない。寄り合いで帰るのは午後になると、昨日話していたのだ。

一樹は居間のソファーで眠っていた。暑い中エアコンもつけず、ランニングシャツにブリーフというだらしのない恰好で。一度は起きたものの、また眠くなって二度寝を決め込んだらしい。

それを見て、まだまだ子供なのだと、いずみは安心した。あんなふうに素っ気なかったのも、照れくさかっただけに違いない。

けれど、弟がすでにいっぱしの男である証拠を目撃して、愕然《がくぜん》とする。

（え、ウソ――）

ブリーフの股間部分が、大きく盛りあがっていたのである。それこそ、内部の形状をあからさまにするぐらいに。

いずみは短大時代に付き合った恋人に処女を捧げた。その後も関係は一年以上続いたから、セックスに関してはひととおりの経験を積んでいた。

それに、高校生のときからオナニーをしていたから、イクことも知っている。ただ、クリトリスを刺激されないと駄目《だめ》で、彼氏との行為でも指や舌で愛撫されることで昇りつめた。膣感覚はそこまで開発されず、残念ながら挿入とピストン運動だけで絶頂を迎えるまでにはならなかった。

ともあれ、男のからだに関しては、どこをどうすれば感じるのかということぐらいは知っている。それから、睡眠時にペニスが大きくなることも。

弟の勃起現象を目の当たりにし、それが生理的な反応であると知りながらも、いずみは狼狽せずにいられなかった。あの可愛らしかった子が、一人前の男になっていることを信じたくなかったのだ。

それでいて、あやしい胸騒ぎを覚えたのも事実である。

いずみは操られるみたいにソファーへ歩み寄り、膝をついた。一樹はよく眠っており、起きる気配はまったくない。表情がどこか悩ましげなのは、いやらしい夢でも見ているのではないか。

(だからオチンチンが大きくなったんじゃないかしら)

生理現象ばかりでなく、淫夢の効果もあるのかもしれない。

彼の首筋や額《ひたい》には、汗が光っている。若い牡の香りを、いずみは胸いっぱいに吸い込んだ。そうせずにいられなかったのだ。

（一樹ちゃんの匂い――）

以前はもっと爽やかな感じだったのに、今はどこかケモノっぽい。別れた彼氏のとも似ている。それだけ大人の男に近づいているのだ。

初体験のとき以上の喪失感を覚えつつ、盛りあがった中心を覗き込む。そこは蒸れた薫味を漂わせていた。

「こんなになっちゃって……」

無意識につぶやき、小鼻をふくらませる。決していい匂いではないのに、からだの中心が疼《うず》くようだった。元カレのそこを嗅いだときにも、こんな気持ちになったのではなかったか。

（いやだわ、わたしったら）

男になりつつある弟にショックを受けたはずなのに、今はそれに悩ましさを募らせている。きょうだい以上の関係を求める願望など、なかったはずなのに。

いけないと思いながらも、猛《たけ》るシンボルを観察する。前開きのないブリーフは薄手で、肉胴の筋張ったところや、亀頭の段差部分も浮かび上がらせていた。これでは脱いでいるも同然だ。

おまけに、時おりビクリと脈打つのがわかる。そんなところを目にすると、ますますたまらなくなった。

（あ、これって――）

ふくらみきった頭部の先端に、小さな濡《ぬ》れジミが認められる。ペニスは今にもはち切れそうに膨張しているのだ。オシッコではなく、昂奮《こうふん》すると滲《にじ》み出る透明な粘液だろう。

眠っていてもそんなものが出ることに、いずみは感動を覚えた。

（男の子って、寝ていてもエッチなことがしたい生き物なのね）

嫌悪は覚えない。愛する弟の生理現象ゆえに、健気《けなげ》だと感じた。

かと言って、欲望処理を買って出ようとは思わなかった。きょうだいの間柄で、そんなことは許されないことぐらい、百も承知していた。

だから、そのときいずみが手をのばしたのは、単なる好奇心からであった。

濡れジミができているところを、指先で軽く突く。途端に、強ばりがしゃくり上げるように脈打った。

（……感じたのかしら？）

指先をこすり合わせると、わずかにヌルヌルした感触がある。やはり欲望の先汁だったのだ。

もう一度、今度はくびれ部分に触れようとしたとき、肉茎のテントがさらに盛りあがったように見えた。そして、細かく痙攣したかと思うと、カウパー腺液のシミが大きくなったのだ。さらに、薄布を通り抜け、白い粘液がじゅわりと滲み出る。

（え、えっ⁉）

うろたえながらも、弟が射精したのだと悟る。眠りながらのそれを夢精と呼ぶことも知っていた。

だが、その場面を目撃するのなんて、もちろん初めてである。

「んぅ……」

一樹が小さく呻き、腰をよじる。いずみはギョッとしたものの、彼が起きることはなかった。未だ夢の世界にひたりながら、満足げな笑みを浮かべている。

（夢の中でセックスしたのかしら……）

彼女はいないようだから、まだ童貞なのだろう。けれど、いずれは好きな女の子と付き合い、初体験を遂《と》げるに違いない。

そんなことを考えて、やり切れなくなる。面倒を見てあげた弟が、他の女に奪われるなんて理不尽だと思った。

しかし、それが姉弟関係を危うくする考えであることも、すぐに理解する。独特の青くささが漂う。いずみはそれを肺の奥まで吸い込んだ。愛しさと同時に切なさもこみ上げ、堪《こら》え切れずに立ちあがる。

「やっぱり東京に戻ろう……」

つぶやいて、決心する。両親が帰ってきたら、すぐに出発しよう。バイトのシフトが回らなくなったからとでも言い訳すればいい。

とにかく、弟とどんな顔をして向き合えばいいのか、わからなかったのだ。

いずみは急いで部屋に戻ると、さっそく荷物をまとめだした――。


告白を聞いて、淳平は驚きを禁じ得なかった。近親相姦とは言えなくても、充分に衝撃的であったからだ。

「でも、一樹が射精しちゃったのは、エッチな夢を見てたからなのよ。だって、わたしはちょっとさわっただけなんだから」

いずみは弁明したものの、さわったのは事実である。それが引き金になって爆発を導いた可能性があった。

（服部さん、自分では認めてないけど、ひょっとしたら弟といやらしいことをしたいって

願望があるんじゃないのかな）

ただ、それはいけないことだとわかっている。だから、自分が願望を満たす代役に選ばれたのかもしれない。

「とにかく、一樹のことはどうでもいいの。わたしの弟は、今は淳平なんだから」

そう言って、彼女がブリーフのゴムに指を引っかける。迷いを吹っ切るみたいに、無理やり引き下ろした。

「あ――」

淳平が声を上げたときには、いきり立つ陽根が全貌《ぜんぼう》を晒していた。

いずみはブリーフを爪先《つまさき》から抜き取ると、年下の男の膝を大きく離し、股間を全開にさせた。血管の浮いた肉胴を見せつける牡のシンボルに、熱い視線を注ぐ。

「素敵……こんなに勃ってる」

張って雁首《かりくび》の段差を際立たせるペニスに、いずみが目を細める。うっとりした表情が、やけに色っぽい。

（うう、見られた）

淳平のほうは、うっとりなどしていられない。羞恥《しゅうち》で全身が熱くなる。とても姉弟プレイどころではなくなり、

「は、服部さん――」

つい普段通りに呼びかけてしまうと、

「じゃなくて、お姉ちゃんでしょ」

即座に訂正される。続いて、柔らかな指がそそり立つものに巻きついた。

「あああ」

淳平はたまらず声を上げ、カウチの上で腰をはずませた。軽く握られただけで、目がくらむほどの快感が生じたのだ。

「すごく硬いわ。お姉ちゃんの手、そんなに気持ちいいの？」

問いかけの答えを待つことなく、いずみが顔を寄せる。唇が裏スジにくっつきそうなほど接近したものだから、てっきりフェラチオをされるのかと思った。

けれど、そうではなく、彼女は頬を緩めて鼻を蠢かせただけであった。

「久しぶり、この匂い……」

嬉しそうにつぶやくなり、温かな息が敏感な小帯にかかる。途端に、甘美な震えが腰の裏に生じた。

多華子もそうだったが、女性は牡の匂いに惹《ひ》かれるものらしい。淳平のほうも、いずみの正直な秘臭を嗅ぎたくなった。

（お姉ちゃんのアソコに顔を埋めて、クンクンしたい――）

そんなことを考えただけで、本当のきょうだいではないのに、背徳感がふくれあがる。

すると、彼女が上目づかいで見つめてきた。

「いやらしい子ね」

邪《よこしま》な願望を悟られたのかと、淳平は狼狽した。

「お、お姉ちゃん」

「オチンチン、すっごく脈打ってるわ。お姉ちゃんに気持ちよくしてもらいたいの？」

考えていたことを見抜かれたわけではなくて安堵する。そして、優しい姉の愛撫を、心から求めた。

「う、うん。してもらいたい」

「だったら、ちゃんとお願いしなさい。オチンチンをシコシコしてちょうだいって」

これでは姉弟プレイではなく羞恥プレイだ。それでも、柔らかな手指で快さにひたっていた淳平は、迷うことなくおねだりした。

「お姉ちゃん、僕のオチンチンをシコシコしてちょうだい」

「精液を出したいの？」

「うん。気持ちよくなって、いっぱい出したい」

「わかったわ」

いずみは屹立《きつりつ》を握り直すと、外側の包皮を上下させ、硬い芯《しん》を摩擦した。

「ああ、ああ、あああ――」

悦びが天井知らずに高まり、淳平は背もたれにからだをあずけた。膝をカクカクと震わせ、呼吸をはずませる。

「すごいわ。また大きくなったみたい」

亀頭をミニトマトみたいに腫《は》らした弟ペニスに、仮初めの姉が濡れた眼差《まなざ》しを注ぐ。優しそうなお姉ちゃんが、やけに淫《みだ》らな面持ちを見せていた。

おかげで、淳平は頭がクラクラするほどに昂ぶった。

(僕、お姉ちゃんにオチンチンをいじられてる……射精させられるんだ)

弟に成り切ることで、歓喜の震えが手足の先にまで広がる。すると、いずみがもう一方の手も陰部に差しのべた。

「くはッ」

喘ぎの固まりが喉《のど》から飛び出す。しなやかな指が陰嚢に触れたのだ。

「ほら、キンタマ袋もパンパンになってるわよ」

はしたない言葉を口にして、縮れ毛にまみれた嚢袋を揉み撫でる姉。柔らかな指を、汗じみた鼠蹊部《そけいぶ》にも厭《いと》うことなく這わせた。

「あ、あ、お姉ちゃん」

くすぐったさの強い快感に、とてもじっとしていられなくなる。淳平は息を荒ぶらせて身をよじった。

（こんなに気持ちいいなんて――）

オナニーのときも、袋部分をいじることはなかった。そこが性感ポイントだと、初めて知ったのだ。

いや、自分でさわっても、ここまで感じないのではないか。年上の女性に優しくタッチされることで、狂おしいまでの悦びを得られているようである。

「こうされると、いい感じでしょ？」

いずみが得意げに訊ねる。牡の急所が性感帯であると知っていたのだ。それだけの経験があると思い知らされ、淳平の胸はチクッと痛んだ。

（お姉ちゃんは、他の男にもこういうことをしてあげたんだ……）

さっきの話では、付き合った男はひとりだけだったようだ。それでも、大好きな姉が穢《けが》されたという悔しさを拭《ぬぐ》い去れない。本当のきょうだいではないと、わかっているのだけれど。

もっとも、男を知っていたからこそ、こうして親密なふれあいができるのである。ジレンマに陥りつつも、悦びはぐんぐん高まる。快楽の溶岩が煮えたぎり、早く外に出たいと屹立の根元で騒いでいる。

いよいよ終末が近いことに、いずみも気づいたようだ。

「キンタマがすごく持ち上がってるわ。もうイッちゃいそうなんでしょ?」

「う、うん……」

「じゃあ、我慢しないで、いっぱい出しなさい」

肉棒をしごく動作がリズミカルになる。陰嚢の指がはずされ、先走りでぬらつく亀頭粘膜をこすった。

「くあああ」

鋭い快美が体幹を貫《つらぬ》く。目の奥に火花が散った気がした。

(あ——いく)

いよいよ爆発が迫ったとき、このままほとばしらせたら、ザーメンでいずみを汚してしまうことに気がつく。しかし、もはやオルガスムスの波を抑え込むことは不可能だ。

(……いいや。お姉ちゃんだって、そのぐらいわかってるんだろうし)

いっぱい出しなさいと言ってくれたのである。ここは好意に甘えようと、淳平は悦楽の流れに身を投じた。

「あ、あ、いく……出る」

「いいわよ。あ、すごい。オチンチン、鉄みたいよ」

「あああ、お姉ちゃん、お姉ちゃ――」

めくるめく愉悦に理性を粉砕されるなり、ペニスの中心を熱い滾《たぎ》りが駆け抜けた。

びゅるんッ――。

濃厚な白濁液が撃ち出される。真《ま》っ直《す》ぐに飛んだそれは、弟を愛撫する姉の頬でピチャッとはじけた。

「やんッ」

いずみが小さな悲鳴をあげる。しかし、手を止めることなく、筒肉をしごき続けた。

「ああ、ああ、くはぁ」

蕩《とろ》ける歓喜に包まれて、淳平は牡のエキスを多量に放った。

ドロドロした精汁は、彼女のポロシャツやジーンズにも降りかかる。間もなく勢いがなくなり、最後の雫《しずく》がじゅわりと溢れたところで、牡茎の指がはずされた。

「はあ……ハァ――」

漂う青くさい匂いに倦怠感を募らせ、淳平はぐったりしてカウチに沈み込んだ。

第三章　人妻のたくらみ

1

精液がかかった衣類を、いずみは躊躇《ちゅうちょ》することなく脱いだ。ブラジャーとパンティのみになると、年下の男のネクタイをはずし、ワイシャツも脱がせる。

オルガスムスの余韻《よいん》にどっぷりと浸《ひた》っていた淳平は、気怠《けだる》さもあって身を任せた。結局、素っ裸にされたのだが、羞恥《しゅうち》を覚えることなく胸を大きく上下させる。

まあ、射精するところを見られたのだ。今さら何を恥ずかしがることがあろうか。

それでも、下着姿のいずみが隣に坐《すわ》ると、さすがに我に返る。肌がふれあい、心地よいなめらかさにゾクッとしたのだ。

若い女体が漂《ただよ》わせる甘い香りも、牡《おす》の劣情を煽《あお》る。だが、多量にほとばしらせた分身は縮《ちぢ》こまっており、それだけで復活する兆《きざ》しはなかった。

彼女のブラジャーは、ベージュのおとなしいデザイン。パンティは黒だが、浅穿《あさば》きで海パンみたいなかたちだから、それほどセクシーではない。

ただ、上下が揃《そろ》っていないのが妙に生々しく、ついまじまじと見てしまう。

「エッチ」

なじられてハッとする。いずみがイタズラっぽい目つきで睨《にら》んでいた。

「あ――」

焦《あせ》って顔をそむけるなり、抱きつかれる。柔肌《やわはだ》との密着に、否応なく官能的な気分にさせられた。

「ねえ、淳平。お姉ちゃんとキスしたい？」

姉弟プレイは続いていたのだ。

「う、うん」

戸惑《とまど》いがちにうなずくと、顔を彼女のほうに向けさせられた。

間近で見つめ合い、息苦しさを覚える。照れくさいのに加えて、いずみがやけに綺麗だったものだから、少しも落ち着かなかった。

「目、つぶって」

掠《かす》れ声で言われ、すぐに従う。顔の前に近づくものの気配を感じるなり、唇が柔らかなもので塞《ふさ》がれた。

(お姉ちゃんとキスしてる――)

甘美な背徳感に、脳が痺《しび》れるよう。意味もなくジタバタしたくなった。

唇が舐《な》められる。くすぐったくて閉じていたものを緩《ゆる》めると、舌がぬるりと入り込んだ。熟《う》れすぎた果実を思わせる呼気をつれて。

唾液の甘さにもうっとりし、受け身でいられなくなる。淳平は舌を戯《たわむ》れさせると、彼女のほうへ進入を試みた。

「ンふ」

いずみが切なげな鼻息をこぼす。

半開きの唇を重ね、互いの舌を行き来させる。吐息と唾液を交換するうちに、からだが火照《ほて》ってきた。

と、いずみに右手を取られる。導かれた先にあったのは、ふにっとした感触のふくらみだった。

(お姉ちゃんのおっぱいだ)

いつの間にブラジャーをはずしたのだろう。それは片手で包めるぐらいのボリュームながら、大きさ以上の存在感があった。

多華子との初体験では、場所が場所だけに全裸にはなれず、下半身主体の交わりだった。母親以外の乳房に触れるのは、これが初めてなのである。

（ああ、柔らかい）

マシュマロ、いや、スライムだろうか。しっとりした肌ざわりは、霧を吹きかけたシルクのようでもある。

淳平は導かれる前に左手も用いて、両手で双房を揉《も》んだ。そのあいだも言いつけを守り、瞼《まぶた》をしっかり閉じていた。

「ふは——」

いずみがくちづけをほどく。おっぱいを愛撫《あいぶ》され、息が続かなくなったらしい。呼吸をハァハァとはずませた。

「目を開けてもいいわよ」

色っぽい声音《こわね》に瞼を開くと、頬《ほお》を赤く染めた美貌《びぼう》があった。トロンとした目に、艶《つや》めきを湛《たた》えている。

「お姉ちゃんのおっぱい、どう？」

「うん……すごく柔らかくて、さわってるだけで気持ちいい」

答えると、彼女は満足げな笑みを浮かべた。それから、何かを思い出したように首をかしげる。

「ねえ、淳平はセックスしたことあるの？」

ストレートな問いかけに、「う、うん」と、ためらいがちにうなずく。

「そう……」

あからさまに落胆した面持ちを見せられ、淳平は戸惑った。

(あれ、経験がないほうがよかったのかな？)

ペニスや陰嚢をいじられて感じまくり、早々に果てたから、初めて異性に愛撫されたと思い込んだのかもしれない。

いや、いずれ弟にも彼女ができることを考えて嫌な気分になったと、いずみは打ち明けた。弟の童貞を奪いたい願望があるのではないか。

「だけど、まだ一回しかしたことがないんだ。おっぱいをさわったのも、お姉ちゃんが初めてだし」

正直に告げると、彼女の表情が明るく輝く。もっとも、その一回がつい昨日のことだとは、思いもしなかっただろう。まして、初体験の相手が自分の知っている女性であることも。

「え、そうなの？」

「うん……」

「じゃあ、おまんこを見たことは？」

卑猥《ひわい》な単語をさらりと口にされ、淳平は驚愕《きょうがく》した。

（お姉ちゃんがそんなことを言うなんて――）

しかし、頭を絞《しぼ》られるほどに昂奮《こうふん》したのも事実である。そのため、

「見たことないんだ……」

淳平は嘘《うそ》をついた。もちろん、いやらしい期待があったからだ。

「そうなの？　じゃあ、お姉ちゃんのおまんこ見たい？」

期待どおりの問いかけに、胸の鼓動《こどう》が早鐘となる。

「うん、見たい」

前のめり気味に答えると、いずみが《焦らないの》というふうに眉《まゆ》をひそめる。それでも、最後の一枚を自ら脱いでくれた。若腰をセクシーにくねらせながら。

「じゃ、そこにおりて」

促《うなが》され、カウチの前に膝《ひざ》をつくと、いずみが両膝を掲《かか》げてM字に開いた。

（ああ、これが――）

淫靡《いんび》な光景に、我知らず鼻息が荒くなる。濃密な淫香を嗅《か》いだせいもあった。

「ほら、これがおまんこよ」

いずみはさすがに頬を紅潮させている。しかし、年下の男に秘部を見せつける行為に、恥ずかしさ以上の昂《たか》ぶりを覚えていたのではないか。尻を前にずらし、秘肛のツボミまで大胆に晒《さら》した。

淡い秘叢に囲まれた女芯は、淫《みだ》らに咲き誇《ほこ》った肉色の水芭蕉《みずばしょう》であった。ちんまりとしていたけれど、ほころんだ陰唇のかたちが白い仏炎苞《ぶつえんほう》に似ていたのである。

そして、あたかも本物の花のごとく、牡を惹《ひ》き寄せる媚香《びこう》を放つ。チーズとワインを混ぜ、さらに熟成、発酵させたら、こんなふうになるのではないか。

(素敵だ……)

淳平は小鼻をふくらませ、誘われるように顔を寄せた。

花弁の内側は穂状花序《すいじょうかじょ》ではなく、複雑に入り組んだ湿地帯だ。白みを帯びた蜜液が、ピンク色の粘膜を淫らに彩《いろど》っている。見ているだけで、ヌメヌメという擬音が聞こえてくる気がした。

「どう?」

短い問いかけに、淳平はうなずいて答えた。

「すごくいやらしい……でも、いい匂いがする」

ナマの秘臭を指摘されても、いずみは恥ずかしがらなかった。慎《つつし》みがないわけではなく、弟だから素の部分を知られても平気なのではないか。

「お姉ちゃんのおまんこの匂い、好き？」

「うん。大好きだよ」

「ありがと。でも、いやらしいだけじゃないのよ。ここにオチンチンを挿《い》れたら、すごく気持ちいいんだからね」

明らかに誘っているとわかる。彼女は、これからその行為に及ぶつもりなのだ。

だが、すぐにというわけではなかったらしい。

「だけど、そのためには準備が必要なの。おまんこをいっぱい濡《ぬ》らして、オチンチンが入りやすいようにしなくちゃいけないのよ」

何も知らない少年にレクチャーするかのよう。弟にもこんなふうに教えてあげたいんだなと、淳平はチラッと思った。

「どうすれば濡れるの？」

いずみが期待しているであろう質問を投げかけると、即座に答えが返る。

「女の子を感じさせるの。気持ちよくなると、おまんこが濡れるのよ。淳平がお姉ちゃんにシコシコされて、オチンチンから透明なお汁を出したみたいに」

「じゃあ、どうすれば気持ちよくなれるの?」

しなやかな指が秘苑にのばされる。水芭蕉の上側、フード状の包皮がめくり上げられた。

「知ってる? クリトリス。女の子が、いちばん気持ちいいところなの。オチンチンの先っぽと同じで敏感なのよ」

桃色の突起をあらわにしての説明に、淳平は無言でうなずいた。実物を目にすることで、本当に感じるポイントなのだと実感できる。

だが、彼女はわかっているのだろうか。花の芽の裾野《すその》に、白いカス状のものが付着していることを。

(これ、恥垢《ちこう》……?)

包皮に隠れていたところだから、ペニスのくびれに溜《た》まるものと同じだと考えるのが自然であろう。事実、それと似たような香ばしさを、淳平は嗅いでいた。

もちろん、嫌悪感など少しもない。女上司のアナル臭にも大昂奮だったぐらいである。優しいお姉ちゃんの恥ずかしい秘密にも、胸の鼓動を高鳴らせた。

「ここ、舐めてくれる?」

恥ずかしそうなおねだりに、淳平はすかさず応えた。クリトリスに口をつけ、強まった淫らな匂いにうっとりしながら吸う。

「あふンッ」

いずみが腰をビクンと震わせて喘《あえ》ぐ。さらに、敏感な尖《とが》りを舌先で転がされることで、わななきが全身に広がった。

「ああ、あああっ、気持ちいいッ」

甲高《かんだか》い声で悦《よろこ》びを訴え、カウチの上でヒップをくねらせる。ストレートな反応に煽られて、淳平はクリトリスを吸いたてた。

チュッ——ぢゅぴッ。

ボロボロと剝《は》がれるものを唾液に溶《と》かし、溢《あふ》れる蜜汁とともにすすり取る。強烈な吸引に、全裸の女体が大きくのけ反《ぞ》った。カウチごと後ろに倒れそうな勢いで。

「いやああ、あ、ダメぇ」

それが心からの言葉でないことは、せわしなく蠢《うごめ》く女芯からも明らかだ。もっと舐めてと言わんばかりに収縮し、甘いラブジュースをとめどなくこぼす。

おまけに、彼女は淳平の頭に両手を添《そ》え、股間にぐいぐいと押しつけることまでしたのである。

「あ、あ、いいの……ううう、お、弟におまんこ舐められて、感じてるのぉっ！」

淫らなことを口走ることで、昂奮を高めたらしい。若腰がいやらしく回り出す。クリトリスも硬くなってふくらみ、舌の律動にぴちぴちと対抗した。

（すごく感じてる……）

秘核への刺激だけでなく、疑似姉弟での戯れが、昂ぶりと快感を呼び込んでいるのではないか。こういうことがしたいと願望を抱いていたのは、やはり間違いないようだ。

（弟さん——一樹君のペニスも、ただ突《つつ》いただけじゃなくて、もっとさわったんじゃないのかな？）

夢精ではなく、姉の愛撫による射精だったのではないか。まあ、彼が起きないで眠っていたのは事実であろうが。

ともあれ、気分的なものもあってか、いずみはあられもなく身悶《みもだ》えた。喜悦にすすり泣き、下腹をヒクヒクと波打たせる。秘苑もいっそう熱を帯び、唾液の混じった淫靡な匂いをたち昇らせた。

「あ、あ、イク、イッちゃう」

切羽《せっぱ》詰まった声に続き、女体がカウチの上でくねりだした。

「ああ、あ、いや——い、イッちゃうのぉおおっ！」

嬌声《きょうせい》を室内に響かせ、最後に「あふンッ」と鼻声を上げる。ヒップがガクンとはずみ、あとは脱力しておとなしくなった。

「あは――はぁ、はふ……」

いずみが深い呼吸を繰り返す。淳平が最後にひと吸いすると、下半身をうるさそうによじった。

（僕、お姉ちゃんをイカせたんだ……）

べっとりと濡れた陰部を見つめ、実感する。いつの間にか復活したペニスは雄々しく反り返り、亀頭と下腹の間に粘《ねば》っこい糸を何本も繫《つな》げていた。

腫《は》れぼったくふくらんだ花弁は、植物よりは動物的に映る。粘膜の淵《ふち》に見え隠れする蜜穴から、白く濁《にご》った愛液がこぼれた。

それは会陰を伝い、アヌスにまで滴《したた》る。胸が震えるほどに淫らな光景だ。

（お姉ちゃんのおしりの穴――）

なまめかしく収縮するツボミにも、心を揺さぶられる心地がする。ちんまりして、排泄口とは信じられない愛らしさだ。

我慢できずに顔を近づけ、セピア色に染まった放射状のシワをペロリと舐める。

「あひッ」

鋭《するど》い声がほとばしり、秘肛がキュッとすぼまった。

「ば、馬鹿。そんなとこ、舐めちゃダメ」

洗っていない性器、それも恥垢の付着した陰核を舐められるのはかまわなくても、肛門は抵抗があるらしい。だったら、匂いを嗅ぐのはどうだろう。

試そうとしたものの、いずみがそれより先にカウチからおりたものだから、タイミングを逸《いっ》してしまった。

「そんなヘンタイみたいなことする子、お姉ちゃんは嫌いよ」

よっぽど気に障《さわ》ったのか、憤慨《ふんがい》の面持ちで言い放つ。

姉弟の破廉恥《はれんち》なプレイを愉《たの》しむほうが変態ではないかと思ったものの、淳平は口に出さなかった。機嫌を損ねたくなかったし、そもそも愉しんだのは自分も同じなのだから。

「ごめんなさい」

素直に謝ると、彼女はすぐさま機嫌を直した。

「いい子ね。それじゃ、こっちにいらっしゃい」

手を取られ、隣の部屋に連れて行かれる。そちらも畳敷《たたみじ》きだったものの、部屋の中央にはセミダブルサイズのベッドがあった。

素っ裸の男女が寝室に入れば、することはひとつである。

（いよいよお姉ちゃんと――）

怖いぐらいの嬉《うれ》しさに眩暈《めまい》を覚える。すると、いずみが掛け布団《ぶとん》も剝がさず、ベッドの上に転がった。しかも、淳平の手を握ったまま。

「わっ」

不意を衝《つ》かれて倒れ込み、柔らかな女体に身をあずける。

すぐ目の前に、昂揚した美貌《びぼう》があった。思わずナマ唾《つば》を飲むなり、唇を奪われる。

「ン……んぅ」

切なげなため息が、重なった唇の隙間《すきま》からこぼれる。淳平は夢中で舌を差し込み、トロリとした唾液を味わった。

くちづけを交わしながら、いずみの脚のあいだに腰を入れる。強《こわ》ばりきった分身は手を添える必要などなく、熱い潤《うる》みを容易に捉《とら》えた。

（ああ、ここだ）

牡を受け入れてくれる心地よい蜜壺。たっぷりと濡れているから、ちょっと腰を進めるだけで、ぬるりと入ってしまうのではないか。

二日続けての幸運に、淳平は有頂天《うちょうてん》であった。無理もない。これまでまったく女性に縁がなかったのだから。いよいよ運が向いてきたと考えるのは、無理からぬこと。

（これがモテ期っていうやつなのか）

今だけでなく、これからも続いてほしいと切に願ったとき、唇が離れる。

「はあ……」

いずみが大きく息をつく。温かくかぐわしいそれが、顔にふわっとかかった。

「オチンチン、硬くなってるみたいね」

悩ましげに眉根を寄せ、彼女はわずかに腰をくねらせた。

「うん。すごく元気になってるよ」

「よかった……お姉ちゃんのおまんこも、もうビショビショなの」

卑猥な言葉を口にして、両膝を立てる年上の女。受け入れ準備は万端のようだ。

「挿れて、淳平」

「うん。行くよ」

淳平はゆっくりと腰を送った。

セックスはこれが二回目でも、正常位は初めてだ。結合部分が見えないのが不安だったものの、切っ先がぬかるみにめり込むことで安堵《あんど》が広がる。

おかげで、迷わずに進むことができた。

「あ、あ——」

いずみが背中を反らせる。蜜汁のすべりで引っかかることなく、亀頭のエラが狭《せば》まりを乗り越えた。

「あふン」

喘ぎ声と同時に、膣口がくびれを締《し》めつける。快《こころよ》さに腰をブルッと震わせ、淳平は残り部分もずむずむと押し入れた。

「くぅぅうーン」

子犬みたいに啼《な》いたいずみが、掲げた両脚を腰に巻きつけてきた。もう離さないと縋《すが》るみたいに。

そのときには、ペニスは根元まで女体に入り込んでいたのである。

（入った――）

快さにまみれ、淳平は太い鼻息をこぼした。

多華子は入り口の締めつけが顕著《けんちょ》だったが、こちらは全体に狭い感じである。ただ、まつわりつく膣肉が柔らかだから、窮屈ではない。

むしろ、泣きたくなるほどの気持ちよさにまみれる。

「あん……淳平のオチンチン、中で脈打ってる」

悩ましげに眉間のシワを深くし、いずみが蜜窟をすぼめる。内部がどよめき、奥へ誘い込むように蠢いた。

「ああ、お姉ちゃん」

淳平はたまらず声を上げた。

「お姉ちゃんのおまんこ、気持ちいい？」

「うん。最高だよ」

「淳平のオチンチンも素敵よ。だって、こんなに硬いんだもの」

淫蕩に頬を緩める彼女に、はしたない声を上げさせたくなる。淳平はそろそろと腰を引き、剛直を半《なか》ばまで抜いたところで、勢いよく戻した。

「はあぁっ」

いずみがよがり、裸身を波打たせる。抉《えぐ》られた膣奥は、熱したチーズみたいにトロトロだった。

（ああ、気持ちいい）

まつわりつくヒダが、敏感な部位を余すところなく刺激してくれる。ペニスを出し挿れせずにいられない。

とは言え、最初から激しいピストンを繰り出すことはできなかった。まだ正常位に慣れていなかったからだ。

それでも、おっかなびっくり抽送《ちゅうそう》するうちに、腰の動きがスムーズになる。最初は短かった振れ幅も、次第に大きくなった。

それに伴《ともな》い、いずみの嬌声も派手になる。

「あ、あふっ、ううう、う——いやぁ」

頭を左右に振って髪を乱し、喜悦の声を寝室に響かせる。杭《くい》打たれる女芯はますます蕩《とろ》け、溢れる蜜がピチャピチャと泡立つのが聞こえた。

「うう、か、感じる……弟の硬いオチンチンで、おまんこがよくなってるのぉ」

疑似相姦にどっぷりとひたり、彼女は悦びを高める。「あああ、も、もっとぉ」と、激しく責められることを欲しがった。

要望に応じて腰を振りまくれば、ぶつかり合う陰部がぱつぱつと湿った音を鳴らす。溢れた淫液が飛沫《ひまつ》になり、一帯が湿るのがわかった。

「くうう、それいいっ」

もっと突いてとせがむ、貪欲なバイトリーダー。真面目《まじめ》で責任感のある彼女が、快楽に溺《おぼ》れる牝《めす》に成り果てていた。

（これなら、セックスでもイクかもしれないぞ）

クリトリスを刺激しないと絶頂できないようなことを、いずみは言っていた。しかし、これならピストン運動だけでも昇りつめるのではないか。

何しろ、交わる相手は恋人ではなく、愛しい弟なのだから。

彼女をオルガスムスに導くべく、淳平はリズムを崩さないよう女芯を突きまくった。自らの上昇は抑え込み、ひたすら奉仕に徹する。

「あ、あ、なに？」

いずみが焦り、イヤイヤをするみたいに頭を振る。未知の感覚が近づいているようだ。

それを逃さぬよう、抽送のリズムをキープすると、間もなく女体が波打ちだした。

「あ、来る——いやぁ、あ、ヘンになっちゃうぅううっ！」

艶声と甘ったるいフェロモンが、淳平の理性も亡き者にする。腰の裏が痺れ、ピストンがぎくしゃくしたものになった。

「あ、お姉ちゃん、出ちゃう」

観念して告げると、女膣がキツくすぼまった。

「いいわ。お姉ちゃんのおまんこに、い、いっぱい出して」

許可を得て、淳平は本能に任せて腰を振った。

「ああ、ああぁっ、いく——で、出るぅ」

「いやいや、お、おかしくなるぅッ！」

めくるめく愉悦に巻かれて爆発すると、女体がブリッジでもするみたいに反り返る。裸身をヒクヒクと痙攣《けいれん》させる「姉」の奥に、淳平はありったけの熱情を注《そそ》ぎ込んだ――。

2

店に着いたのは、ランチの混雑が終わったあとだった。

「あ、おはようございます、マネージャー」

ドリンクバーの補充をしていたいずみが、にこやかに挨拶《あいさつ》をしてくれる。

「おはようございます」

淳平も笑顔で挨拶を返した。それから、少しだけ悩ましさも覚える。姉と弟に成り切って交わったことを思い出したからだ。

とは言え、それは先々週のことである。歓《よろこ》びを交わしたのもあの夜限りで、以来、マネージャー補佐とアルバイトという関係に落ち着いていた。

淳平のほうは、またあいうプレイを愉しみたい気持ちがある。しかし、いずみのほうは一度で満足したのか、こちらを誘う気配はまったくない。仕事終わりが一緒になったりと、そういうチャンスはいく度もあったのに。

だったら、こちらから誘えばいいのではないか。考えないではなかったが、断られることが怖くて言い出せなかった。同じところで働いているのであり、調子に乗っていると思われ、関係がぎくしゃくするのも嫌だった。

ただ、彼女が以前よりも親しく接してくれるのは事実である。

みんなの前では、言葉遣いは相変わらず丁寧《ていねい》だけど、ふたりっきりだと気の置けないくだけたものになる。それこそ、弟に接する姉みたいに。そのときはたまらなく嬉しい。

しかしながら、時おり何かを思い出したみたいに、気まずげな面持ちを見せることがあった。

(もしかしたら、セックスで僕にイカされたのが恥ずかしかったのかもしれない)

挿入のみでオルガスムスを迎えたのは初めてだと、いずみはあのあと照れくさそうに打ち明けた。そして、オナニーやペッティングより、何倍も気持ちよかったとも。

淳平の分身は、二度目の放出を遂《と》げたあとも強ばりきったままだった。抜かずにピストン運動を再開させたかったが、いずみは疲れたからと二回戦を拒《こば》んだ。あれ以上されたら、はしたなく乱れそうだったためではないのか。

もっとも、淳平は決して不満を覚えたわけではなかった。なぜなら、ふたり分の淫液に濡れたペニスを彼女が口に含み、丹念にしゃぶってくれたからだ。間もなくほとばしった青くさいエキスも、すべて飲み干してくれたのである。

ともあれ、年下の、しかも弟と見立てた相手にイカされ、いずみは立場をなくしたとも言える。そのために、再び交わることを躊躇しているのではないか。

いや、姉弟プレイが殊《こと》のほかよかったものだから、今度は純情な童貞を誘惑しようと目論《もくろ》んでいる可能性もある。まあ、さすがに、実の弟に手を出すことはあるまいが。

（だとすると、僕とはもうしないってことか……）

一度関係を持った男より、うぶな子がいいんだな。と、つい僻《ひが》んでしまった淳平に、

「どうかしたんですか？」

いずみが怪訝《けげん》そうに首をかしげる。

「え？　ああ、いえ、べつに」

適当に誤魔化《ごまか》したところで、ふと気づく。以前の自分だったら、もっとうろたえていただろうなと。

多華子にいずみと、立て続けにふたりの年上女性と関係を持ったことで、自信がついたのは確かである。仕事もしっかり覚え、少しはマネージャーとして頼られるようになったのではないか。

おかげで、店のスタッフともきちんと話ができるようになった。店長の村上や、厨房チ

ーフの木谷を除いてであるが。

淳平の成長具合を見て、もう任せて大丈夫と踏んだのか、多華子が店に寄る回数が減った。滞在時間もごくわずかで、すぐに他の店舗に向かう。

信頼されるのは光栄である。だが、初体験の相手でもある美女となかなか会えないのは、寂《さび》しい限りだ。本社でも、すれ違いになることが多いから。

(まさか、避《さ》けられてるわけじゃないよな)

つい穿《うが》った見方をしてしまうのは、思い当たるフシがあるせいだ。けじめをつけなくちゃいけないと彼女は言ったけれど、他の理由も考えられる。

(僕がアソコの匂いを嗅いだこと、けっこう気にしているのかも)

あれで合わせる顔がないと感じているのではないか。プライドが高いのは見ていればわかるし、恥ずかしい秘密を知られて悔《くや》しかったであろう。実際、あのときも泣きそうになっていたのだ。

だとすれば、いずみにも同じことが言える。匂いのことは気にしていないようでも、アヌスを舐めて彼女に叱《しか》られたのだ。

(またおしりの穴を舐められたら嫌だから、誘ってこないのかも)

欲望のままに行動した自分が悪いのだなと反省したとき、

ドサドサドサッ——。

バックヤードから派手な物音がしたものだからギョッとする。

「え、なに⁉」

いずみも驚きをあらわにし、急いでそちらに向かう。淳平もあとに続いた。

行ってみると、棚に並べてあったものが崩れ、床に落ちていた。ナプキンやストローといった消耗品の包みだ。

その脇で、アルバイトの女の子が泣きそうになっている。

「まあ、どうしたの、鳴海《なるみ》さん？」

いずみに声をかけられ、ビクッと肩を震わせた彼女は、今週入ったばかりの新人だ。名前は鳴海恵奈《えな》。二十歳《はたち》の大学生である。

もっとも、小柄で童顔のため、高校生と紹介されたら誰もが信じるだろう。染めていない黒髪も、子供っぽいショートカットだから。

「す、すみません。あの……ナプキンを補充するように言われたので」

恵奈が涙目で弁明する。叱られた子犬みたいに、保護欲をそそる子だ。

だからだろう。いずみも強く言えない様子だった。

「補充分のストックは、フロアのほうに出てるのよ。フォークやナイフがあるキャビネットの下に」

「え、そうなんですか？」

「すぐに行って確認してちょうだい。ここはわたしがやっておくから」

「は、はい。すみません」

恵奈は米搗《こめつ》きバッタみたいに何度も頭を下げ、その場から立ち去った。

「……もう、しょうがないなあ」

あきれた口調でつぶやき、いずみが消耗品の包みを拾いあげる。

「僕も手伝うよ」

淳平が手を貸すと、彼女が「ありがとう」と答えた。

（相変わらず、失敗の多い子だな……）

包みを棚に戻しながら、淳平は思った。その現場は見ていないのだが、初日からグラスを五個も壊したと、いずみが嘆《なげ》いていた。

それ以外にも、ちょこちょこやらかしているらしい。淳平が目撃したのは、注文の聞き取りミスと、何もないところで転んだ場面である。幸い、そのときは何も持っていなかったものの、料理を運ぶ途中だったら大惨事だった。

募集をかけてようやく来てくれた働き手だから、店長が能力を確認せずに雇《やと》ってしまったのか。まあ、誠実そうで可愛らしい子だから、ドジっ子だなんて想像もしなかったのかもしれない。

誰を雇うかは店長の裁量であり、いくらマネージャーでも口出しはできない。よっぽど反社会的な人物なら別だが、そうでなければしっかり指導するよう助言するぐらいだ。

とは言え、恵奈が指導でどうにかなるのか、淳平には判断できなかった。

「ちゃんとやっていけるのかしら、恵奈ちゃん……」

いずみも同じ気持ちのようで、やるせなさげにつぶやく。バイトリーダーとしては、シフトを任せられるかどうか心配なのだろう。

「でも、少しずつよくなってるんじゃないの？」

期待を込めて訊《たず》ねると、彼女は「どうかしら？」と首をかしげた。

「まあ、一所懸命なのはたしかなんだけど。遅刻もないし、返事もいいし、休憩時間もわからないことをあれこれ質問してきたりするのよ。あれだけの頑張り屋さんは、そういないんじゃないかしら」

「じゃあ、前途有望じゃない」

「だといいんだけど……」

崩れ落ちたものを片付けると、いずみが思い出したように両手をパチンと合わせた。

「そう言えば、恵奈ちゃんが言ってたの。制服のスカートが苦手だって」

「え、スカートが？」

「もともとスカートを穿かないらしいんだけど、ウチの制服のは脚にまといつくから、うまく歩けないんだって」

「へえ……」

女の子ならスカートを穿くのは当然と思っていた淳平には、意外な理由であった。そうすると中学や高校時代にも、転んでばかりいたのか。制服があれば、女子は必ずスカートなのだろうし。

「だったら、どうしてウチのバイトに応募したのかな？　どんな制服なのかなんて、見ればすぐにわかることなのに」

「そのことなら、恵奈ちゃんから聞いたわ。ここが家から一番近いんだって。バイト先が遠いと通うのが大変だし、余計な時間をとられたくないとも言ってたわ。それから、バイトは学費を稼ぐためなんだって」

「ふうん。偉いんだね」

「だから、わたしも応援してあげたいんだけど」

いずみがため息をつく。それから、こちらの顔をまじまじと見つめてきたものだから、淳平はドキッとした。

「え、なに？」

ひょっとして、いよいよ誘ってくれるのかと期待したものの、そうではなかった。

「恵奈ちゃんのためってわけじゃないけど、『もんぐりる』の制服って、もう少しバリエーションが出せないかしら。シンプルで飽《あ》きがこないから、わたしは好きだけど、常連のお客様は見飽きてるかもしれないわ」

「なるほど」

淳平は腕組みをして考えた。彼女の意見はもっともだし、そういう要望を会社に通して、より良い店舗運営を実現することも、マネージャーの仕事なのだ。

もちろん、すべての要望を吸い上げることはできない。しかし、何かを変えることで売上げアップが望めるのなら、上に伝えるべきだろう。

「他にも何かある？」

「え？」

「制服以外にも、こうしたらもっとよくなるとか、お客さんが喜ぶって思うこと」

「そうね……」

いきなりだったから、いずみは面喰《く》らったようだ。それでも、長く勤めているだけあって、すぐに意見を述べてくれた。

「メニューにも、もうひと工夫あってもいいんじゃないかしら。全店舗一斉にっていうんじゃなくて、その店独自のメニューとか。そういう特別なものがあったほうが、お客様はまた来ようって気になると思うわ」

「うん。確かに」

「ただ、セントラルキッチン方式だから、厨房の設備が限られているし、そう簡単なことじゃないのもわかるけど」

ハンバーグ用のグリル以外は、温めたり盛りつけたりが主だから、調理器具も充分とは言えない。そのため、凝《こ》ったものは作れないのだ。それで店の独自性を出すとなると、かなり難しいだろう。

（たしかに、そう簡単なことじゃないよな……）

考え込んだ淳平に、いずみが心配そうな眼差《まなざ》しを向ける。

「どうかしたの？」

「え、何が？」

「なんだか深刻そうだから」

「いや、僕にできることがないかって、考えたんだ」

すると、彼女が「へえ」と感心した面持ちを見せた。続いて、

「淳平もマネージャーらしくなったわね」

嬉しそうに口許をほころばせたものだから、照れくさくなる。

「そりゃ、僕だってたまにはしっかりしたところを見せないと」

「ううん。淳平は頑張ってると思うわ。西脇マネージャーがいなくても、ちゃんと仕事ができてるし、進歩したなって感じるもの」

「……そうかな？」

「そうよ。だから、これはご褒美《ほうび》」

いずみが不意に顔を寄せてきたものだから、ドキッとする。ほんの一瞬だったが、柔らかな唇が頬に触れた。

（お姉ちゃんがキスしてくれた――）

あの日以来となる親密なスキンシップに、胸がはずむ。甘美なひとときが蘇《よみがえ》り、姉に甘える弟に戻れた気がした。

淳平は、さらにロマンチック――いや、エロチックな展開を期待した。けれど、それが叶《かな》うことはなかった。

「じゃ、お姉ちゃんは行くわね」

小さく手を振り、いずみがバックヤードを出て行く。わざとではないのだろうが、オレンジ色のスカートに包まれたヒップを色っぽく振って。

（え、これで終わり？）

大いに落胆した淳平であったが、（待てよ）と考え直す。

（今のがご褒美ってことは、ちゃんと結果を出せば、もっと気持ちいいことも――）

萎《しぼ》んだ期待が再びふくらむ。よし、頑張ろうと、淳平は新たな気概を胸に抱いた。

3

フロアに戻ると、いずみはお客が帰ったあとのテーブルを片付けていた。

彼女に言われたのか、恵奈がドリンクバーの補充をしている。マニュアルと首っ引きで、慎重に。また失敗してはならないと、気を引き締めているようだ。

（たしかに頑張り屋ではあるんだよな……）

失敗が多いけれど、一所懸命だからこそなのだ。いい加減にやってミスをするのではない。努力が結果に結びつかないだけのこと。スカートが苦手なのに迅速《じんそく》に行動しようとするから、転んでしまうのだろう。

まあ、慌《あわ》て者であることは否めないけれど。

とにかく、学費のために働くなど、健気《けなげ》な子である。是非応援してあげたいなと、淳平は思った。

（制服を変えたら、もっと動きやすくなるかもしれない）

ただ、ズボンはさすがにウエイトレスっぽくない。だったら、ショートパンツはどうだろうか。

そんなことを考えながら客席に目を向けたとき、ひとりの女性客が目についた。

（あ、あのひとは——）

窓際のボックス席に、ひとりぽつんと坐っているのは、三十代と思《おぼ》しき女性。純和風のすっきりした面立ちに加え、どこかアンニュイな雰囲気をまとっているから、窓辺に坐っているだけで絵になるような美人である。

以前ヘルプで対応したとき、左手の薬指にシルバーのリングが光っていたのを見た。そこはかとなく滲《にじ》み出る色気からして人妻のようだ。

ベージュの清楚《せいそ》なワンピースをまとった彼女は、栗色の髪を首の後ろで束ねている。ドリンクバーにケーキのセットを注文したらしく、紅茶のカップを口に運ぶ優雅な身のこなしは、いかにも上品な奥様ふうに映る。

ただ、彼女に目を奪われたのは、麗《うるわ》しい人妻だからというわけではない。週に三日は姿を見かけるお得意様であることに加え、

(今日もひとりなんだな)

淳平はそれが気になっていた。

午後のファミレスを訪れるのは、学生か主婦が多い。学生なら、ひとりでノートを広げて勉強する者もいるが、主婦はほとんどがグループだ。夫や子供が帰るまでのひととき、お茶とおしゃべりを楽しむのだろう。

ところが、彼女はいつもひとりだ。たとえば引っ越してきて間がないとかで、まだ友達がいないのかもしれない。

もちろん、ひとりが好きという解釈もできる。ただ、時おり主婦グループの席を見て、どこか寂しそうにしているから、仲間に入りたいのではないか。

(おとなしそうなひとだから、勇気が出ないのかもな)

自分も控《ひか》え目な性格ゆえに、女の子と付き合うことができず、ずっと童貞だったのだ。そのせいもあって、何となく親近感を覚える。

とは言え、友達になろうとまでは考えなかった。年の差もあるし、そもそも彼女は男が目的でここに来ているわけではないはず。

視線が向けられるのは主婦のグループだから、同性の仲間がほしいのだ。仲を取り持つことは可能でも、自分みたいな若造に声をかけられたら、戸惑うばかりに違いない。うまく友達ができればいいですねと、淳平は心の中で応援した。そのとき、ふと眉をひそめたのは、窓辺の人妻があたりを窺《うかが》うような素振りを示したからだ。

（おや？）

彼女の周囲にはお客がいない。にもかかわらず、やけに他人の目を気にしている。なまじ美人だから、そういう不穏な動きが目につくのである。

（何か企《たくら》んでる……？　まさかね）

考えすぎだとかぶりを振った淳平であったが、彼女がワンピースのポケットから何やら取り出したものだから、ますます怪《あや》しいと感じる。しかも、それを目の前のケーキに仕込むのが見えた。

いったい何をしたのか。訝《いぶか》っていると、気持ちを落ち着かせるみたいに坐り直した彼女が、コールボタンを押した。

ピンポーン――。

フロアに電子音が鳴り響く。

「はあい、ただいまお伺《うかが》いいたします」

元気な声で返事をしたのは恵奈だ。ドリンクバーの補充は終わったようで、マニュアルを片付けて早足で席に向かう。

「あ――」

淳平が思わず声をあげそうになったのは、童顔のウエイトレスが躓《つまず》いて転びそうになったからだ。けれど、どうにか体勢を立て直すと、今度はゆっくりした足取りで窓際のボックス席に向かった。

(そうだよ……落ち着けば失敗しないんだから)

いちおうその場所に行って確認してみれば、彼女が転びかけたのは、段差も障害物もないところだった。やはりスカートのせいなのかもしれない。

それにしても、見守っているだけでドキドキするとは、まったく心臓に悪い子だ。慎重に行動するよう、一度アドバイスをしたほうがいいかなと思ったとき、

「え、ええっ、あ、あの――」

恵奈のうろたえた声に、淳平は心臓の鼓動を跳《は》ね上げた。また何かやらかしたのかと思ったのだ。

そちらを見れば、彼女は美しい人妻のそばで佇《たたず》み、泣きそうになっている。注文を間違えたのか、それともお冷やをこぼしたのか。

とにかく放っておけないと、淳平はすぐさまそちらに急行した。

「お客様、いかがなさいましたか？」

訊ねると、恵奈が涙目で救いを求める。と、くだんの人妻が、わずかに狼狽《ろうばい》したふうであった。ウエイトレスではなく、スーツ姿の社員が来たことに驚いたのか。

「あの……ケーキに虫が」

恵奈が小声で報告する。見ると、チーズケーキの食べかけたところから、ハエともハチともつかない昆虫が頭を出していた。焦《こ》げや他の異物ではなさそうだ。

ケーキはセントラルキッチンから運ばれたホールのものを、店でカットしている。虫が入ったとなれば、セントラルキッチンでということになるだろう。

しかし、彼女の怪しい素振りを目撃していた淳平は、これは意図的に混入されたものだと即座に理解した。

（こんな綺麗な奥さんが、どうしてこんなことをするんだろう……？）

脅迫して、口止め料をせしめるつもりなのか。しかし、そんなことをするひとには見えないのだが。

第一、証拠がない。ましてこの場で、あなたが入れたんでしょうなどと問い詰めるわけにはいかなかった。そんなことになれば、他のお客にも知られて大騒ぎになる。

この場は穏便《おんびん》に済ませる必要があった。それにはどうすればいいのか。さっき事務所を覗《のぞ》いたら店長は不在だったから、自分がどうにかしなければならない。

淳平は瞬時に頭を回転させ、やるべきことを見出した。

「大変申し訳ありませんでした。お詫《わ》びをいたしますので、事務所に来ていただけませんでしょうか」

控え目な声で丁寧に申し出ると、人妻は戸惑いを浮かべながらも「ええ」とうなずいた。淑《しと》やかな動作で席を立つ。

「代わりのお飲み物は、あちらで用意いたします。鳴海さん、ここを片付けておいてもらえるかな？」

「あ、はい」

「では、こちらへどうぞ」

淳平はケーキの皿と伝票を手にし、彼女と一緒に店の奥へ進んだ。他のお客に怪しまれないよう、笑顔を絶やさずに。

フロアにいたいずみが、心配そうにこちらを見る。淳平は、心配ないというふうに目配せをした。

バックヤードに入り、奥の事務所に人妻を招き入れる。

「では、こちらにお坐りになってください」

簡素な応接セットのソファーを勧《すす》め、淳平は向かいに腰を下ろした。持ってきたケーキを、ふたりのあいだのテーブルに置く。

彼女は緊張しているふうだった。表情こそ平静を装《よそお》っているようでも、唇がかすかに震えている。やはり後ろめたいことがあるからではないのか。

（やっぱりこの虫は、このひとが仕込んだんだな）

ただ、目的がわからない。それをはっきりさせるためにも、いきなり問い詰めないほうがいい。

「本日は不快な思いをさせてしまい、大変申し訳ありませんでした。私は当『もんぐりる』東京西店のマネージャー補佐、堂島淳平と申します」

淳平が名刺を差し出すと、彼女は恭《うやうや》しく受け取った。

「では、今回の件につきまして、これから調査を進めてまいりますが、お客様のお名前を伺ってもよろしいでしょうか？」

「はい……三沢亜矢子《みさわあやこ》と申します」

人妻はすんなりと答えた。

「三沢様ですね。お客様は、私も何度かお見かけしたことがあります。当店はよくご利用くださっているのでしょうか？」

「はい……」

「そうですか。ご贔屓《ひいき》にしてくださっているのに、このようなことになりまして、誠に申し訳ございません。あの、失礼ですが、この近くにお住まいなんですか？」

「ええ、上倉町《かみくら》のほうに」

そこは店から数百メートルの距離にある地区だ。近いから頻繁《ひんぱん》に利用しているらしい。それに、同じように利用してくれる主婦たちも、彼女のご近所なのかもしれない。

（やっぱり、仲間に入りたいんじゃないかな）

とは言え、ストーカーみたいにつけ回しているわけではあるまい。顔を知っているから、そちらのグループを見てしまうのだろう。

「そうなんですか。今後とも是非、当店をご利用いただけたら幸いです。もう決して、ご不快な思いはさせませんので」

「はあ……あの、もうよろしいでしょうか？」

亜矢子が気まずげな表情を見せる。自らが仕組んだことであるとバレるのを、恐れているのではないか。

「すみません。あと二三、確認させてください。ええと、三沢様がご注文されたのは、ケーキとドリンクバーのセットですね？」

「はい……」

「で、ケーキはチーズケーキで、そこにこのようなものが混入していたんですね」

「……はい」

「すでに二口ほど召し上がっているようですが、食べたところには、異状がありませんでしたでしょうか？」

「ええ……」

「でも、このようなものが入っていては、仮に口にされていなくても、いい気分ではありませんよね」

　言葉少なだった亜矢子が、とうとう押し黙ってしまった。ソファーの上でヒップをモジモジさせているのは、いよいよまずいと思っているからではないか。

「あの、本当にもうわたしは――」

　腰を浮かせかけた彼女に、淳平は決定的なことを告げた。

「では、どこでこの虫が混入したのか確認したいので、店内の防犯カメラを確認してもよろしいでしょうか。三沢様のお席のところも、撮影されているはずですので」

　あなたが入れたんでしょうという目で見つめると、亜矢子は狼狽した。目を潤ませ、頬を赤く染める。

（やっぱりだ――）

確信するなり、人妻が深々と頭を下げる。

「も、申し訳ありません。それは、わたしが入れたんです」

涙声で謝り、肩を震わせる。身も世もなくとはこういう振る舞いを言うのではないかと、淳平は思った。

ともあれ、素直に認めたから、責める気にはならない。ただ、どうしてこんなことをしたのかが知りたかった。

「正直に話していただき、ありがとうございました。こちらの不手際ではないようで、私も安心しました」

「すみません……本当に」

「それで、差し出がましいようですが、どうしてこういうことをなさったのか、よかったら話していただけませんでしょうか。もしも力になれることがありましたら、是非協力させてください」

誠意を込めて伝えると、亜矢子がクスンと鼻をすする。どうしようという面持ちでためらったのち、すうと息を吸い込んだ。

「わたし……寂しかったんです」

涙目の訴えに、淳平は胸が締めつけられるのを覚えた。

4

予想したとおり、亜矢子はこの春、こちらに越してきたそうである。

夫は職場で責任ある地位にあり、夜はいつも遅い上に、休日出勤もあるという。そのため、家でひとり過ごすことが多いらしい。

「失礼ですが、お子様は？」

「いません……わたしはもう三十三なので、そろそろとは思っているんですけど、主人が忙しいせいもあって、なかなか思うようにいかないんです」

ためらいもせず年齢を口にしたのは、早く子供がほしいと焦っているからではないのか。一戸建てを購入して引っ越したのも、将来を考えてのことだと言った。

「このあたりは環境も治安もいいので、子育てをするならこういうところだねって夫と相談して、家を買ったんです。ただ、もともと知り合いがいる土地ではないので、友達も話し相手もいなくて……子供がいれば、幼稚園や学校の繋がりで、お母さんの友達もできるんでしょうけど」

そう語る人妻は、悲しげな面持ちであった。こんなふうに初対面の男に打ち明けたのは、悩みを話す相手がいなかったからに違いない。それこそ、藁《わら》にも縋る気持ちになっていると感じられた。

「そう言えば、さっき、別のテーブルの奥さんグループを見ていたようですけど、ひょっとして仲間に入りたかったんですか？」

問いかけに、亜矢子が小さくうなずく。

「このお店で、よく見かけるものですから、お友達になれたらって……でも、いきなり話しかけたら、やっぱり変に思われるじゃないですか。それで、何かきっかけができればと考えて――」

そこまで言って彼女が口ごもったものだから、淳平はもしやと思った。

「あ、それじゃ、ケーキに虫を入れたのは、あのひとたちの気を引くために？」

「……はい」

亜矢子はあっさり認めた。

「最近、食品の異物混入が話題になってましたから、騒ぎになればあのひとたちが注目してくれると思ったんです。それで声をかけて、仲間に入れてくれるかもしれないって」

なんて短絡的なのかと、淳平はあきれ返った。まあ、それだけ追い詰められていたとも言えるのであるが。

ただ、騒ぎにならないようこちらが対処したから、当てが外れたわけである。彼女が事務所から逃げたがったのは、異物混入の偽装がバレるのを恐れてではなく、当初の目的が果たせなくなったからのようだ。

「だけど、お店にご迷惑がかかることを、わたしは少しも考えていなかったんです。本当にすみませんでした」

亜矢子が泣きそうになって頭を下げる。淳平が丁寧に謝ったから、取り返しがつかなくなった恐れがあることを理解したのだろう。

とにかく、何事もなく済んだから、怒りは感じない。

「もういいんですよ。わかっていただけて何よりです」

優しく告げると安心したのか、人妻が肩を震わせてしゃくり上げる。

「ごめんなさい、本当に……」

なかなか泣きやみそうになかった。

男なら誰でも、女性の涙に弱いもの。まして、目の前で泣かれた経験のない淳平は、うろたえるばかりだった。

（どうしよう……）

どうやって慰《なぐさ》めればいいのか見当もつかず、おろおろする。そのとき、
コンコン――。

事務所のドアがノックされる。「失礼します」と声をかけて入ってきたのは、いずみだった。

「まあ、どうしたんですか？」

室内の状況を目撃するなり、彼女が驚きをあらわに目を見開く。

「堂島さん、お客様を泣かせたんですか⁉」

「ち、違いますよ」

淳平は焦り、しどろもどろになりながらも、事の顚末《てんまつ》を説明した。亜矢子の生活状況も含めて。

「そうだったんですか」

納得顔でうなずいたいずみが、感心したふうにニッコリと笑う。そして、淳平に向かって親指をぐいっと突き出した。騒ぎを起こすことなく対処したのを、よくやったと褒《ほ》めてくれているらしい。

彼女に認められたのは単純に嬉しい。だが、今はそれどころではない。亜矢子が未《いま》だ俯《うつむ》

いたまま、嗚咽《おえつ》をこぼしていたからだ。

（早く泣きやんでくれないかな……）

淳平は焦《じ》れてきた。そのとき、

「あ、そうか。いいことがあるわ」

いずみが両手をパチンと合わせる。これに、寂しい人妻が恐る恐るというふうに顔をあげた。

「三沢——亜矢子さんでしたっけ。このお店で働きませんか？」

「え？」

「今のお話だと、自由になるお時間があるようですから、ここでアルバイトをしたらどうでしょうか。そうすれば、わたしたちと友達になれますし、主婦仲間のお客様たちとも言葉を交わして、知り合いになれますよ」

なるほど、それはいいと淳平も思った。ところが、亜矢子が困惑したふうに眉根を寄せたのである。

「アルバイト……ですか？」

「ええ。ちなみに結婚前は、どちらでお仕事をされていたんですか？」

いずみの問いかけに、彼女は首を横に振った。

「いえ、何も……」

「え?」

「大学を出たあとは、ずっと実家にいました。家事手伝いというか、花嫁修業で」

どうやら昨今珍しい箱入り娘のようだ。確かに俗世間に染まっていないというか、浮き世離れした感じはあったけれど。

だからこそ、ケーキに虫を入れて注目を引くなんてことを考えたのか。

「じゃあ、おいくつでご結婚なさったんですか?」

「二十八です。主人とは、お見合いの席で初めて会いました」

今どきそんな女性がいるとは意外であった。それに、お見合いで結婚を決めるということは、男のほうはずっと年上ではないだろうか。イメージ的にそんな気がする。それなら責任ある地位だというのもうなずける。

そして、世間ずれしていないものだから、亜矢子は誰かに声をかけて友達になるということができないのではないか。

「……まあ、ひとそれぞれですから、こうしなきゃいけないってことはないんですけど。ただ、亜矢子さんは、もう少し世の中のことを勉強したほうがいいと思いますよ」

いずみのアドバイスにも、彼女はよくわからないという顔で首をかしげた。

「勉強なら、大学でしましたけど」

「そういう勉強じゃなくて、社会勉強です」

いずみがあきれたふうにかぶりを振る。だが、亜矢子は納得がいかない様子だ。

「社会勉強……」

つぶやいて、理解し難《がた》いふうに眉をひそめる。かなりの世間知らずだ。

三十三歳のいい大人が、これではまずいのではないか。どういう結果を生むのかよく考えず、また今日みたいなことをしでかす恐れがある。

そして、いずみも同じことを考えたらしい。

「これは荒療治が必要かしらね」

年上の女性相手にも、姉のような心境になっているようだ。決意を固める面持ちでうなずき、淳平に向き直る。

「そうそう、淳平にご褒美をあげなくっちゃね」

いきなり呼び捨てにされ、びっくりする。ふたりっきりのときならいざ知らず、今はお客の亜矢子がいるのである。

おまけに、言っていることも意味がわからない。

「え、ご褒美って――」

「異物混入事件を冷静に処理してくれたんだもの。要はお店の窮地を救ってくれたわけじゃない。だからご褒美をあげるの」

そういうことかと理解したものの、彼女が入り口に戻ってドアを内側からロックしたものだから、いったい何をするつもりなのかと戸惑う。さらに、応接セットのテーブルを横にどかし、スペースをこしらえたのだ。

「え、服部さん?」

焦り気味に声をかければ、

「服部さんじゃなくて、お姉ちゃんでしょ」

笑顔で睨まれ、狼狽する。まさかそんな呼び方までさせるとは思わなかった。

「え、お姉ちゃん?」

亜矢子が怪訝な面持ちを見せる。無理もない。

いずみは少しも気にすることなく、年上の人妻を振り返った。

「ええ。淳平——堂島さんはわたしよりふたつ年下なので、ふたりだけのときにはきょうだいみたいにしてるんです」

言われて、なるほどという表情を見せた亜矢子であったが、次のいずみの行動には驚きを隠せないようだった。

「じゃ、オチンチンを出してね」

前に跪《ひざまず》いて年下の男のベルトを弛《ゆる》め、ズボンの前を開く。あまりのことに、淳平は固まった。

（ご褒美って……まさか、ここで最後まで？）

そんなことが許されるはずないと思いつつ、抵抗できなかった。優しいお姉ちゃんとの甘美なひとときを、密《ひそ》かに欲していたからだ。あの日以来、誘われる様子がなかったものだから尚《なお》さらに。

そのため、やすやすとズボンを脱がされてしまう。中のブリーフごとまとめて。

「あら、勃ってないの？」

縮こまった秘茎を目にして、いずみがあからさまにがっかりした顔を見せる。

しかし、少しもエロチックではない状況で、いきなり脱がされたのである。昂奮する要素はどこにもなかった。

「な、何をしているんですか？」

亜矢子が咎《とが》める声を発する。あらわになった牡の下半身は、制服姿のウエイトレスの陰になって見えないはず。だが、言葉のやりとりから、目の前で何が行なわれようとしているのか察したらしい。

と、いずみが膝をついたまま、彼女のほうに向き直る。それも、下を脱いだ男が見えるように、からだの位置を横にずらして。

「あ──」

小さな声を上げた人妻が目を見開き、唇も半開きにする。彼女とまともに向き合った淳平も、息を呑《の》んだ。

（うう、見られた……）

昂奮状態でこそないものの、牡のシンボルを晒してしまったのだ。それも、ついさっき説教じみたことを言った相手に。何をみっともないことをしているのかと、情けなくてたまらなかった。

「──きょ、きょうだいみたいじゃなかったんですか？」

声を絞《しぼ》り出すような亜矢子の問いかけに、いずみは「え？」と首をかしげた。

「さっき、言ってたじゃありませんか。おふたりはきょうだいみたいなものだって。なのに、そんな──」

要するに、これでは近親相姦ではないかと言いたいのだろう。

「でも、本当のきょうだいじゃないんですから、何の問題もありませんよ」

雑《ま》ぜ返すみたいに言われて、亜矢子は混乱した様子だ。

「それは――え？　で、でも」

「つまり、わたしたちはそれだけ仲良しだってことを言いたいんです」

いずみが右手を牡のシンボルにのばす。亜矢子に見せつけるみたいに軟《やわ》らかな筒肉を握り、手指に強弱をつけた。

「うああ……」

悦びが高まり、淳平はのけ反った。膝がカクカクと震えるのを、どうすることもできなかった。

「うふ、大きくなってきた」

含み笑いの声に煽られるみたいに、牡根がぐんぐん伸長する。手筒から大きくはみ出し、頭部を赤く腫《は》らしてエラを張った。

「く……ううう、あ――」

勃起したことで、快感もふくれあがる。強ばりきって脈打つ分身を、向かいに坐った人妻も目撃しているのだ。そう考えるだけで、肉棒の中心を熱いものが伝った。

（どうしちゃったんだよ、いったい……）

その場から消え去りたいほど恥ずかしいのに、見られることに昂奮しているというのか。それではまるっきり変態である。

「ほら、すっごく元気。こんなに大きくなりましたよ」

いきり立つ陽根を、いずみが亜矢子に示す。そのとき、人妻が息を呑んだのがわかった。困惑を拭《ぬぐ》い去れない様子ながら、牡の中心をまじまじと凝視する。

おかげで、ペニスがしゃくり上げるみたいに脈動した。

(うう、何だってこんな……)

そんなに見ないでくれと願っても、視線がはずされることはなかった。それどころか、眼差しに艶めきが浮かんできたようなのである。

「亜矢子さん、わたしたちの仲間に入りませんか？　そうすれば、こんなふうに愉しいことができるんですよ」

いずみの勧誘に、淳平は顔をしかめた。それでは店のスタッフ同士、いつも快楽をむさぼり合っているみたいではないか。

「あ、べつに、誰彼かまわずいやらしいことをしてるって意味じゃないんです。わたしと淳平だって、エッチしたのは一回だけなんですから。他のバイトの子たちも、お店の誰かと深い関係になっていないと思いますし」

「だ、だったらどうして、そんなものをわたしに見せるんですか？」

亜矢子が疑問を持つのは当然だ。淳平も同じことを考えていた。

「殻を破ったほうがいいと思ったからです」

「え、殻？」

「亜矢子さんは、ケーキに虫を入れるなんてとんでもないことをしでかしたんですよ。あれで大騒ぎになったら、この店が営業停止になったかもしれないんですからね。最悪、『もんぐりる』全店の評判が落ちて、倒産する可能性だってあったんです」

「それは……」

三十三歳の人妻が口ごもる。大袈裟《おおげさ》だと言い返さないのは、自らがやらかしたことへの罪悪感からだろう。

「つまり、亜矢子さんは友達になって欲しいひとに声をかけないで、そのひとたちから声をかけてもらえるように仕向けたんですよね？　それって、完全に間違ってますよ。欲しいものがあったら、自分からアプローチしなくちゃいけないんです」

いずみの主張に、淳平の心臓がどうしようもなく高鳴る。自分がお説教をされている気がしたからだ。

（まさか、僕が誘えないでいたことに気づいてたんじゃ——）

二度目の関係を望みつつ、断られることが怖くて誘えなかった。もしかしたら彼女は、そんな男らしくない態度に業《ごう》を煮やしていたのではないか。

もっとも、いずみは淳平に当てつけるような素振りなど示さず、亜矢子に向かって話し続けた。

「お仕事の経験がないってことは、自分でお金を稼いで欲しいものを買ったこともないいんですよね。今も旦那さんがもらうお給料で必要なものを買うだけなんでしょ？　お金を得る苦労を知らないから、他人の利益を損なうことにも無頓着《むとんちゃく》なんです。このままだと、人生を無駄に過ごすことになりますよ。一生、自分で欲しいものを手に入れることができなくてもいいんですか？」

「わたしは……だけど——」

「働いてお金を稼ぐ。気に入ったひとには自分から声をかけて友達になる。これって生きていく上での基本です。それから、男女が求め合うことも」

淳平は確信した。いずみは根っからのお姉ちゃんなのだと。

相手が年上であろうが関係ない。誰かを優しく、ときには厳しく導くように運命づけられている。そういうひとなのだ。

現に、亜矢子は引き込まれたふうに、彼女の言葉を聞いていた。

「だから、何も知らないままでいることに満足していないで、わたしたちといっしょに働きましょう。わたしが店長に推薦します。あ、難しい仕事じゃないから、心配しないでください。そうして、いろんなことを学べば、友達も必ずできますよ」

「ええ……」

戸惑いを残しながらも、人妻がうなずく。その瞳には、さっきまでなかった輝きが見て取れた。

「わかってくれたみたいですね。それじゃ、亜矢子さんにもご褒美をあげます。いっしょに愉しみましょ」

「いっしょに……」

「働くことだけじゃなくて、エッチの楽しさも知っていたほうが、人生が充実すると思いますよ。それに、お子さんにも恵まれるでしょうし」

いずみが口許をほころばせる。続いて、淳平に艶っぽい流し目をくれた。

「また気持ちよくしてあげるね」

喜びと期待がこみ上げ、つられて頬を緩める。だが、亜矢子はそこまで割り切れなかったらしい。

「でも、わたしは――」

夫を裏切れないという思いからか、ためらいを口にする。

「まあ、とりあえず見ててください」

そう言って、いずみが淳平と真っ直ぐに向き合う。そそり立つものを軽くしごいてから、ふくらみきった頭部をためらいもなく口に含んだ。

「ああああっ」

強烈な快感が背すじを駆《か》け抜け、淳平は腰をぎくしゃくと跳ね上げた。

フェラチオはこのあいだもされたし、精液も飲まれている。なのに、今のほうがためらいと罪悪感が大きい。

（まずいよ、こんなの……）

亜矢子の存在はともかく、担当する店舗内で淫らな行為に及ぶことに、抵抗を禁じ得ない。とは言え、多華子との初体験は店のフロアだった。しかも、お客が食事をするボックス席でいたしたのである。だが、あれは閉店後だったからなんて言い訳は通用しない。どうせ一度やらかしているのだ。こうなったら、毒を喰らわば皿までだ。

「ん……ンふ」

こぼれる鼻息で陰毛をそよがせながら、いずみが熱心に吸茎する。口許からちゅぱッと卑猥な舌鼓《したつづみ》がこぼれ、分身が切ない甘美にひたった。

「あん、いやらしい……」

不意に聞こえた声にドキッとする。いつの間にか亜矢子が近くに来ており、フェラチオに励《はげ》む年下の口許を、身を屈《かが》めて覗き込んでいたのだ。

いずみも気がついたらしく、人妻をチラッと見る。それから、満足げに目を細めた。

ふたりの女性を前にして、淳平は自堕落な気分に陥《おちい》った。こんなに気持ちいいのだから、もう、どうなってもかまうものかと。それだけいずみの舌づかいが快く、亜矢子の視線にも昂ぶっていたのである。

そして、いよいよ危うくなってきたところで、ペニスが温かな口内から追い出される。

「ふう」

大きく息をついたいずみが、濡れた唇を舐める。そんなしぐさも、ゾクッとするほど色っぽかった。

「亜矢子さんも、おしゃぶりしますか？」

誘いの言葉に、亜矢子はほんの少しためらいを示したものの、首を横に振った。

「ううん……遠慮しておくわ」

いずみは不満げだったが、無理強いはしなかった。「わかりました」と返事をして立ちあがり、スカートの中に両手を入れる。

と、淳平がじっと見ているのに気づき、軽く睨んできた。

「エッチ。そんなに見ないで」

咎められてうろたえる。けれど、彼女は見せつけるみたいに、ピンク色のパンティをゆっくりと脱ぎおろした。それこそ、ストリッパーふうの色っぽい身のこなしで。

おまけに、ちょっと首をかしげてから、スカートも脱いだのである。本当にセックスをするつもりらしく、邪魔だと考えたらしい。

もっとも、正面からではエプロンで隠れて、すべて脱いだはずの腰回りは見えない。それに焦れったさを覚えたとき、いずみがくるりと回れ右をした。

「あっ」

淳平は思わず声を上げた。白いブラウスの裾から、ぷりっとしたおしりが半分以上も見えていたからだ。

裸エプロンならぬ半裸エプロン。人妻もののアダルトビデオなら定番のコスプレなのだろうが、ファミレスの制服はそれとは異なるいやらしさがある。そもそも店でこんな恰好《かっこう》をするなんてあり得ないのだから、貴重とも言えた。

そのため、淳平は眩暈を起こしそうなほどに劣情を沸《わ》き立たせた。

（お姉ちゃんのおしり——）

胸のドキドキが少しも治まらない。血が巡りすぎて息苦しさを覚えたとき、いずみが顔を後ろに向けた。

「淳平、オチンチンを前に傾《かたむ》けて」

「え、前に?」

何のためになのかわからぬまま、彼女の唾液で濡れた強ばりを握り、前方に倒す。下腹にへばりつくほどに反り返っていたから、決して簡単なことではなかった。

と、いずみが背中を向けたまま後退し、そろそろとヒップをおろす。

「わたしからは見えないから、淳平がうまくリードしてよ」

言われて、背面座位で結ばれるつもりなのだとわかった。

(お姉ちゃんとセックスできるんだ)

密かに願っていたことが、いよいよ叶おうとしている。気持ちが逸《はや》り、淳平は嬉しさのあまり小躍《こおど》りしたくなった。

「えと、もうちょっと後ろ」

「ここ?」

白くてまん丸な双丘が接近し、狭間に亀頭がもぐり込む。先端が恥ミゾに当たると、そこはすでに熱く湿っていた。フェラチオをしながら昂ぶったらしい。

「いいよ、お姉ちゃん」

期待に震える声で告げたものの、彼女はなかなかヒップをおろさなかった。すでに結合の準備はできているというのに。

焦れったくて、淳平は自分から腰を突き上げようとした。すると、いずみがこちらを振り返る。

「ちゃんと言いなさい、淳平」

彼女が何を命じているのか、淳平はすぐに理解できなかった。

「さっき言ったでしょ。欲しいものがあったら、自分からアプローチしなくちゃいけないって」

それは亜矢子にアドバイスしたことである。しかし、もしやと想像したとおり、いずみとセックスしたかったのに誘えなかった淳平にも、向けられた言葉だったようだ。

そして、ここまで言われたら、口をつぐんでいるわけにはいかなくなる。

「……僕、お姉ちゃんとしたい」

「何がしたいの？」

「セックス——チンチンを、オマンコに挿れたい」

思い切って告げると、いずみがニッコリと笑う。

「よくできました」

言うなり、腰を落とした。

ぬぬぬ――。

屹立《きつりつ》が濡れた狭穴に呑み込まれる。柔らかなヒップが完全に坐り込むと、入り口がキュッキュッとすぼまった。

「はあ……」

いずみが息を吐き出し、若腰をモゾつかせる。内部も蠢き、淳平はうっとりする快さにひたった。

（気持ちいい――）

お姉ちゃんとの、二度目のセックス。前のときはふたりとも素っ裸で、ベッドの上で激しく求め合ったのだ。

なのに、今のほうが新鮮に感じるのは、制服のエプロンを着けたままの彼女と交わっているからなのか。マニアックな着こなしのおかげで、昂奮もうなぎ登りだった。

ただ、この体位では、淳平の動ける範囲は限られている。それはいずみもわかっているようで、上半身を前に傾けると、ペニスを咥《くわ》え込んだ若尻を上げ下げした。

「あ、ああっ、お、お姉ちゃん」

正常位のときよりキツく感じられる締めつけと、粒《つぶ》立った柔ヒダにこすられることで、昇りつめそうになる。

「我慢しなさい。男の子でしょ」

いずみは少しも遠慮しなかった。リズミカルな腰振りをキープし、牡の屹立を責め立てる。自らも「あん、あん」とよがり声をはずませながら。

先に果てたら彼女に叱られる。淳平は歯を喰い縛《しば》って上昇を抑え込んだ。上下する臀部《でんぶ》に両手を添《そ》え、タイミングを計って腰を突き上げる。

「くううーッ」

膣を奥まで貫《つらぬ》かれ、半裸のウエイトレスがのけ反って呻《うめ》いた。

「やだ……本当にしちゃってるの？」

泣きそうな声で訊ねたのは亜矢子だ。けれど、若いふたりはそれに答えることなく、ひたすら悦びを求め続ける。

そもそも、性器を繋げていることなど一目瞭然。わざわざ説明するまでもなかった。

「あ、ああっ、深いのぉー」

いずみが嬌声を響かせ、休みなく裸エプロンのおしりを振り立てる。陰部の衝突が、パツパツと湿った音を鳴らした。

「気持ちいいよ、お姉ちゃん」

爆発を堪《こら》えながら悦びを訴えると、彼女はヒップの谷をなまめかしくすぼめた。

「わたしも……ああっ、淳平のオチンチン最高っ！」

締めつけが強まり、淳平はいよいよ限界を迎えた。

（ああ、もう――）

脳が蕩け、理性が根っこから揺さぶられる。叱られてもいいから射精したいと、本能が強く求めたとき、

「あ、あ、イクッ！」

ひときわ甲高い声がほとばしり、いずみが半裸のボディをガクンとはずませた。あとはからだを折って自らの膝の上に伏せ、背中を大きく上下させる。

（え、イッたのか？）

見おろせば、剝き身のヒップがピクピクとわななき、内部もなまめかしく蠢いている。やはり絶頂したようだ。

突然のオルガスムスだったから、淳平は昇りつめるタイミングを逸してしまった。戸惑いながら、歓喜の余韻にひたる年上の女を見つめていると、

「ふう……」

いずみが息を吐《は》いて、腰をそろそろと浮かせる。心地よい蜜穴から抜けたペニスが外気に触れ、ひんやりするのと同時にわびしさを覚えた。

（もう終わりなのかな……）

こちらが果てなかったのは、彼女にもわかったはず。最後まで面倒を見てくれるつもりなら、挿入したまま二回戦に突入したであろう。

もっとも、危険日だから射精する前に終わらせたのかも知れない。

中腰のいずみが、上気した面持ちで振り返る。息を静かにはずませながら、

「イッちゃった……」

つぶやいて、はにかんだ笑みをこぼした。

「このあいだも、エッチで初めてイカされちゃったし、わたしのおまんこと淳平のオチンチンって、相性がいいのかもね」

淫らなことをさらりと口にされ、淳平は分身をビクンと脈打たせた。白く濁った愛液を、全体にまといつかせたものを。

もっとも、相性がいいのはからだだけなのかと、卑屈なことを考える。彼女が《もうおしまい》というふうに前から離れたものだから、尚さらやり切れなくなった。

しかし、放置されたわけではなかったのだ。

「それじゃ、あとはお願いしますね、亜矢子さん」

いずみに声をかけられ、茫然《ぼうぜん》と佇んでいた人妻が「え？」と我に返る。

「お願いって……」

「淳平は、まだイッてないんですよ」

言われて、ピンとそそり立つものに視線を向けた亜矢子が、目許を染めてうろたえる。

そのとき、清楚なワンピースに包まれた熟れ腰が、なまめかしくくねったように見えたのは、逞《たくま》しい若茎に情欲を煽られたからではないのか。

「ほら、こんなにギンギンなんですよ。射精させてあげないと、可哀想《かわいそう》じゃないですか」

「だ、だからって……わたしに何をしろと？」

「何でもいいですよ。手でシコシコするのでも、おしゃぶりしてあげるのでも。まあ、淳平はエッチしたいんだと思いますけど」

「そ、そんなことできませんっ！」

亜矢子が即座に拒む。だが、夫がある身としての貞操観念からなのか、それとも単なる羞恥心《しゅうち》からなのかはわからなかった。

「だったら、せめて手でしてあげてください」

言葉遣いは丁寧でも、人妻をじっと見据える眼差しは鋭い。《早くしなさい》と命じているにも等しかった。

「でも……」

逡巡《しゅんじゅん》する亜矢子を、いずみは強い口調で促した。

「淳平は、ケーキに虫を入れるなんて馬鹿なことをしたあなたを、大事《おおごと》にならないよう助けたんですよ。なのに、恩返しをしないんですか？　このまま放っておくのは、恩を仇《あだ》で返すようなものなんですよ」

かなり乱暴な論理である。ところが、それを聞いた瞬間、亜矢子の表情がホッと緩んだのだ。

「……そうですよね」

自らに言い聞かせるようにうなずく。大義名分ができて、安堵しているのだろうか。

（てことは、本心から嫌がっていたわけじゃなかったのか）

目の前の淫らな交歓に刺激され、成熟した肉体を昂ぶりで燃えあがらせていたのかもしれない。さすがにいきなりセックスをすることは無理でも、愛撫ぐらいならという気になったのではないか。

実際、彼女はいそいそと淳平の前に膝をついたのだ。

「……では、ご奉仕させていただきます」

美しい人妻が、召使いみたいに恭しくお辞儀をしたものだから、淳平は恐縮して固まった。それでいて、からだの奥に奇妙な疼《うず》きを覚えたのも事実である。

「失礼します」

しなやかな手が無骨な牡器官にのばされる。筋張った肉胴に淫汁をべっとりと付着させたそれを、亜矢子はためらいもなく握った。

「ふはぁあああっ」

淳平は声を張り上げ、ソファーの上でのけ反った。背もたれがなかったら、間違いなく後ろにひっくり返っていたに違いない。

（なんて気持ちいい手なんだ！）

しっとりして柔らかなものが、強ばりを心地よく包み込んでいる。快感で激しい脈打ちが生じたものの、それを優しくたしなめ、慈《いつく》しんでくれるようだった。

成熟した人妻ゆえに、握られただけでここまで感じてしまうのか。それとも、彼女が生来持っていた、牡を懐柔する素質なのか。

とにかく、不安を覚えるほどに愉悦が高まり、淳平は呼吸をハッハッと荒ぶらせた。

「え、そんなに気持ちいいの？」

いずみも驚いたようである。わずかに眉をひそめたのは、弟と見なしている青年が、他の女の手で身悶える姿に嫉妬《しっと》を覚えたからだろう。

しかしながら、この状況に導いたのは、他ならぬ彼女自身である。今さら不満も述べられまい。

「……こんなに硬くなるのね」

握りに強弱をつけ、若茎《みなぎ》の張り具合を確認した亜矢子が、ほうとため息をつく。ずっと花嫁修業をし、見合い結婚で今の夫と結ばれたということは、他の男を知らないのではないか。

そして、密かに予想したとおりに夫が年上であれば、若いペニスは初めてということになる。鋼《はがね》のごとき逞しさにうっとりしているのは、濡れた眼差しからも明らかだ。

（ひょっとして、したくなっているのかも……）

人妻が下着を脱いで跨《また》がってくることを、淳平は期待した。けれど、彼女はまつわりついた粘液を用いて、強ばりをヌルヌルと摩擦しだす。

「うあ、あ──くううう」

淳平は腰をぎくしゃくと跳ね上げ、迫り来る絶頂の波に抗《あらが》った。こんなすぐに果ててしまっては、みっともないしもったいない。柔らかな手指の愛撫を、もう少し愉しみたかったのだ。

ところが、亜矢子がもう一方の手を陰嚢に添えたことで、忍耐があっ気なく崩壊する。シワ袋をすりすりと撫でられ、そちらも狂おしい悦びにまみれた。

「あ、あ、出ます」

　堪え切れずに爆発を予告すると、彼女が小さくうなずく。手コキと、急所を揉み撫でる動作をシンクロさせ、牡を桃源郷へと誘《いざな》った。

　お見合い結婚をするような淑やかな女性でも、男に奉仕するテクニックを閨房《けいぼう》で学ぶものなのか。そんなことをチラッと考えるなり、頭の中が真っ白になった。

「あ、いく――」

　めくるめく歓喜に理性を押し流され、オルガスムスに身を投じる。熱い滾《たぎ》りが尿道を貫き、高速でほとばしった。

「キャッ」

　亜矢子が悲鳴をあげる。麗しの美貌やベージュのワンピースに、白い粘液が次々と降りかかるのを、淳平は虚《うつ》ろな眼差しで眺めた。

　それでも、彼女は最後の一滴がじゅわりと溢れるまで、ペニスをしごき続けた。どうすれば男が悦ぶのか、ちゃんと知っていたようだ。

「はあ――」

　深い息を吐いて、淳平はソファーにぐったりと沈み込んだ。絶頂の余韻にひたる肉体のあちこちを、細かく痙攣させながら。

「たくさん出たわ……」

力を失った秘茎から指をはずし、亜矢子がつぶやく。指に付着した牡液をそっと嗅いで、悩ましげに眉根を寄せた。

「あーあ、こんなに汚しちゃって」

青くさいザーメンにまみれた人妻に手を貸し、いずみは彼女を立たせた。顔や髪にかかったものをティッシュで拭ってから、あちこちにシミをこしらえたワンピースを見て眉をひそめる。

「これ、脱ぎましょ。奥に制服用の洗濯機があるから、それで洗っておきます。乾燥機もあるのよ」

「え、でも」

「心配しなくてもだいじょうぶ。代わりに、ここの制服を貸してあげますね」

ニッコリ笑ったバイトリーダーが、得意げに胸を反らす。

「今日はとりあえず、体験入店ってことにしましょ。実際にやってみれば、そんなに難しくない仕事だってわかりますよ」

言われて、亜矢子は戸惑い気味にうなずいた。かなり強引な勧誘を受けて、さっそく働いてみる気になったらしい。

（ひょっとして、精液がかかることを見越して、亜矢子さんに僕のをしごかせたのかも……）

未だ快感の余韻がくすぶる肉体を持て余しながら、淳平はふと思った。

第四章　バックヤードの淫行

1

昼過ぎに本社を出た淳平は、東京西店に向かう前に、食事を済ませることにした。

(何を食べようかな……)

このところ忙しくて、昼も夜もファーストフードやコンビニ弁当など、お手軽に済ませることが多かった。久しぶりにちゃんとしたものを食べたい。

(と、なると、ハンバーグだな)

学生時代、何よりのご馳走《ちそう》であった「もんぐりる」のハンバーグ。就職してからはめっきり食べることがなくなっていたが、久しぶりに味わいたくなった。

店まで行ってもよかったのであるが、みんなが見ているところではゆっくりと味わえない。途中に別の店舗があるので、そこに寄ることにした。

チェーン店だから、メニューはもちろんのこと、内装など基本的なところは同じである。ただ、微妙に雰囲気が異なるのは、客層や従業員の違いによるのだろう。

テーブルに着き、注文をしたあと店内を眺《なが》めながら、淳平はそんなことを考えた。担当する東京西店と比較し、学ぶべきところがあったら取り入れようとも思う。

（……僕もけっこう成長したのかもな）

入社後の研修で、いくつかの店舗を回ったのであるが、そのときにはそんなところまで注目しなかった。マネージャーとしての仕事に慣れ、自覚も出てきたから、あちこちに目が行くようになったのではないか。

ウエイトレスの仕事ぶりも、それとなく観察する。時間帯もあるのだろうが、この店のウエイトレスは主婦らしき年長者が多いようである。

店の場所によってアルバイトやパートの応募者が異なるのは当然のことで、東京西店はこのあいだまで、いずみが最年長だった。近くに大学がいくつかあり、学生のアルバイトが多いためである。

見ていると、仕事の手際はパートの主婦のほうがいいようだ。家事に長《た》けているのに加え、人生経験が長い分、仕事を自己流でやりやすくこなしているからであろう。よって、マニュアル通りかと言えば、少々怪《あや》しいところが散見される。

学生のアルバイトは経験がないぶん、何でもマニュアル通りにこなそうとする。よって、応用が利《き》かないところがあるとも言えた。

もっともこれは、全体的な印象でしかない。学生でもてきぱきと仕事をこなす者がいるし、主婦でも手際のよくないタイプがいる。

それこそ、亜矢子のように。

（やっぱり慣れていないんだよなあ……）

彼女が東京西店で働き始めて、一週間が過ぎた。仕事をした経験がないから、苦労するであろうことはわかっていたが、案の定ひととおりのことを覚えるのにも時間がかかった。それでも、いずみは懇切丁寧《こんせつていねい》に教えていたようである。

経験がないのもそうだが、もともと器用なほうではないらしい。だからこそ友達も作れず、異物混入までやらかしたわけである。まあ、不器用のわりには、よくやっていると言えよう。

何より接客に関しては、他の若いウエイトレスにはない素質があった。

とにかく美人だから、サラリーマンらしき男性客が亜矢子を目で追う場面を、よく目撃する。注文するのに呼び出しボタンを押さず、彼女が通りかかるのを待って呼び止める者もいた。

男性受けがいいのは、いかにも優しくしてくれそうな大人の女性であることも関係しているのだろう。受け答えもおっとりしているから、癒《い》やされるのかもしれない。注文を取る亜矢子よりも、客のほうがニコニコしているぐらいだ。

ただ、仕事慣れしていないため、忙しいときには半《なか》ばパニックに陥《おちい》り、右往左往している。それはもう、見ていて気の毒になるぐらいだ。

もっとも、そのせいでミスがあっても、美貌《びぼう》の人妻に涙目で謝られれば、大抵の男はすぐに許す。文句を言う者は皆無だった。

つい昨日、淳平は彼女に、調子はどうかと訊《たず》ねたのである。すると、

『まだわからないことが多いんですけど、でも、とても楽しいです。お客様も、スタッフの皆さんも、親切にしてくださいますから。わたし、ここで働いてよかったです』

と、笑顔で答えた。さらに、お客の主婦たちとも顔見知りになり、仕事がないときには一緒にお茶をしようと誘われたと、嬉《うれ》しそうに報告してくれた。

そんな亜矢子を見て、淳平は素直によかったなと思った。その一方で、彼女にしごかれて射精したときのことを思い出し、悶々《もんもん》としてしまったのであるが。

（すごく気持ちよかったもんな、亜矢子さんの手――）

人妻の柔《やわ》らかな手で握られた感触を蘇《よみがえ》らせ、淳平は股間をふくらませた。あの類《たぐ》い稀《まれ》な快《こころよ》さを体験したために、オナニーでいくことが困難になったぐらいなのだ。

自分の右手など、亜矢子のそれと比較したら月とすっぽん、人間の手と孫の手ぐらいの差がある。そんなことを考えて何だかわびしくなり、行為を中断したこともあった。

おかげで、少々欲求不満気味である。

ただ、あの一件でいずみに声をかけやすくなったから、二度ほど彼女の部屋でセックスをした。もちろん、お姉ちゃんと弟に成り切って。

そのときは危険日と言われてコンドームを着けたのであるが、おかげで以前よりも長持ちした。爆発するまで、彼女を続けざまに絶頂させることもできた。

そんなことも思い出したために、ペニスが限界まで膨張する。ジュージューと音を立てるハンバーグが運ばれてきたことにも気がつかなかった。

「お待たせいたしました」

声をかけられ、淳平は心臓が停まるかと思った。

「あ、ああ、どうも」

我に返り、ジャケットの裾《すそ》でさりげなく股間の高まりを隠す。まったく、食事をしにきたのに、食欲ではなく性欲を高めてどうするのか。

もっとも、いい匂いを振りまくハンバーグを目にするなり、劣情は綺麗さっぱり消え失せたのである。

（ああ、旨《うま》そうだ）

久しぶりということもあり、お腹がぐうと鳴る。淳平は逸《はや》る気持ちを持て余しながら、ナイフとフォークを手にした。

「もんぐりる」のハンバーグは、三種類のソースが選べる。焼き具合の注文にも応じる関係上、上にはかけない。そんなことをしたら鉄板が冷えて、ちょうどいい加減にしたものが台無しになってしまうからだ。

よって、切り分けたものをつけて食べるのであるが、淳平はまず、何もつけずに口に入れた。ハンバーグそのものの味を愉《たの》しみたかったのだ。

（え？）

口に入れた瞬間、何かが違うと感じた。味が落ちていたわけではない。その逆だ。

（こんなに美味《おい》しかったっけ？）

いや、美味しいのは以前と同じだ。ただ、その味がさらに深みを増していたのである。

店によって焼き手が違うから、その差なのか。確かに肉の旨みが逃げることなく残っているようだが、そればかりとは思えない。明らかに、ひと味もふた味も加わっている気がする。

試しにソースにつけて、もうひと口食べてみる。

「むうう」

思わず唸《うな》ってしまう。ソースが肉の味を引き立てるのは昔と変わっていない。だが、その引き立ち具合がまったく異なっていた。足し算と掛け算ぐらいに違う。いや、オナニーと亜矢子の手コキぐらいに違う。

(レシピが変わったなんて話は聞いてないんだけど)

もしも変更したのなら、本社で話があったはず。これはもう、さらに美味しくなりましたと、宣伝しなければならないレベルだ。

淳平は夢中でハンバーグを食べた。セットのライスもスープも、付け合わせの野菜にも手をつけずに。

そうしてレギュラーサイズを瞬《また》く間に平らげ、ひと息つく。夢見心地で天井を見上げ、たった今食べたものの味を反芻《はんすう》した。

(……しまった。ラージサイズを注文すればよかった)

そして、セットではなく単品にすべきだった。満腹ではなかったけれど、他のものを食べたくない気分だったのだ。

しかしながら、せっかくの料理を残すのは本意ではない。それはいけないことだと、幼い頃から躾《しつ》けられていた。

仕方なく、野菜とスープをおかずにライスを食べる。ところが、少しも苦ではなかった。なぜなら、舌にハンバーグの味が残っていたからである。

食べ終わり、このままでは帰れないと淳平は思った。是非ともあの旨さの秘密を解明せねばならない。

レジで会計を済ませたあと、ウエイトレスに名刺を出して、東京西店のマネージャー補佐であることを明かす。そして、店長に挨拶《あいさつ》がしたい旨《むね》を申し出た。

事務所に通されると、五十歳近いと思《おぼ》しき店長が、ソファーに腰掛けていた。ウエイトレスから名刺を預かり、怪訝《けげん》そうな目を向ける。

「初めまして。東京西店のマネージャー補佐をしております、堂島淳平と申します」

今日は昼食で訪れたことを伝え、店舗の様子など、勉強させてもらったお礼を述べる。すると、彼は坐《すわ》ったまま「ご丁寧にどうも」と頭を下げた。客との応対が苦手なのか、どこか面倒くさそうにしている。

「ところで、もしも手が空いているようであれば、厨房のスタッフにもご挨拶がしたいのですが。ハンバーグがとても美味しかったので」

「そうかい？　どこの店も同じだと思うがねえ」

「いえ、焼き加減が最高だったんです」

淳平は、味のことには触れなかった。店長の反応からして、説明しても伝わらない気がしたからだ。

（ひょっとして、店の料理を食べたことがないのかも）

年配だから、そもそもハンバーグなど好きではないのかもしれない。まあ、店長の仕事は店の経営に関する部分であり、ましてファミレスのチェーン店となれば、味のことなどそうそう考えないだろう。

「ええと、今日の担当は……」

店長がボードに貼《は》られたシフト表を眺める。それから、わずかに眉《まゆ》をひそめた。

「ああ、今日はチーフじゃなくてサブだなあ」

「え、そうなんですか？」

「それに、先月入ったばかりの新人で、女だよ」

彼はどこか不満げに告げた。

厨房のチーフとサブは会社が雇《やと》い、各店舗に振り分ける。おそらく店長は、経験がある男のスタッフが欲しかったのだろう。ところが、やって来たのが新人で、しかも女性だったから、面白くないと感じているのではないか。

けれど、美味しいハンバーグを食べることができた淳平は、焼き手が若かろうが女性だろうが関係なかった。

そこへ、白い調理服姿の男性スタッフが入ってくる。年は三十代の半ばぐらいか。

「すみません、遅くなりました」

「ああ、いや。お子さんの具合はどうなの？」

「ただの風邪《かぜ》でした。ご心配かけて申し訳ありません」

「まあ、子供が熱を出すと、親としては心配だろうからな」

そんなやりとりのあと、店長は淳平を紹介した。

「こちら、東京西店のマネージャー補佐の堂島君。昼食で寄ったそうなんだ」

「そうですか。ここの厨房でチーフをしています、榊原《さかきばら》です」

「初めまして。堂島です」

淳平は名刺を差し出した。

「ああ、榊原、厨房に行ったら、相良《さがら》にここへ来るよう言ってくれないか」

「わかりました。それでは、私はこれで」

榊原が出て行くと、店長も腰を浮かせた。

「じゃあ、私は裏で一服するので、これで失礼。用が済んだら、挨拶などいらんので、ご自由に出てください」

「わかりました。お忙しいところ、どうもありがとうございました」

「いやいや」

店長は手をひらひらと振って事務所を出て行った。

（相良さん、か）

それが美味しいハンバーグを焼いた女性なのだ。見ると、ボードのシフト表にはフルネームが書いてあり、「相良伊都香」とあった。

（いつかさん……かな？）

名前のあとに括弧《かっこ》書きで入っている数字は年齢らしい。東京西店のシフト表にはそこまで書いてないから、これは店長の方針なのだろう。

それによれば、彼女は二十八歳だ。

（てことは、まったくの新人でもないな）

「もんぐりる」に採用される前に、他の店で働いていたに違いない。でなければ、あそこまで美味しくできないだろう。

ただ、それだけの腕があれば、どこの店でも引く手数多《あまた》だと思うのだが。

2

そのとき、ノックもなしにいきなり事務所のドアが開いたので、ドキッとする。振り返ると、調理服姿の女性が入ってきた。

髪は男っぽいショートカット。整った顔立ちも、どちらかと言えば美少年ふうだ。このひとが相良伊都香なのだろう。

「あれ、店長は？」

きょとんとした彼女に、淳平は深々とお辞儀をした。

「初めまして。東京西店でマネージャー補佐をしています、堂島淳平と申します」

名刺を差し出すと、伊都香は戸惑《とまど》ったふうに「はあ」とうなずいた。それから、

「相良伊都香《いつか》です」

名前だけを言い、体育会系の挨拶みたいにペコリと頭を下げた。

「お忙しいところ、お呼び立てして申し訳ありません。実は、相良さんにどうしてもお伺《うかが》いしたいことがあるんです」

「何ですか？」

「今日、私は昼食を食べにこちらへ寄ったのですが、ハンバーグがとても美味しかったんです。もともと『もんぐりる』のハンバーグが好きで入社したので、美味しいのはわかっていたんですけど、先ほど食べたのは自分が知っているもの以上にすばらしい味で、いったいどうすればあそこまで美味しく焼けるのか、秘密を知りたくなったんです」

「秘密ねえ……」

伊都香は困ったふうに首をかしげた。そして、訝《いぶか》る眼差《まなざ》しを向けてくる。

「まさかとは思うけど、あたしのことを本社に密告するつもりじゃないよね？」

「え、密告って？」

「ファミレスっていうのは、チェーン店ならどこも同じ味じゃなきゃいけないわけでしょ？　余計なことをして味を変えたら、怒られるじゃない」

「いや、でも、美味しくなるぶんには全然かまわないと思いますけど。とにかく、僕はそんな密告なんてするつもりはありません。美味しいハンバーグが食べられれば、それでいいんです」

「あっそ。それならいいや」

彼女は納得したふうにうなずくと、応接セットをチラッと見た。

「立ち話も何だから、坐らない？」

「あ、はい」

向かい合ってソファーに腰掛けると、伊都香は背もたれにからだをあずけ、胸を反らした。からだつきが華奢《きやしや》らしく、乳房のふくらみがほとんど目立たない。

「がっかりさせるかもしれないけど、そんなに特別なことはしてないんだ。大事なのは焼き方で、肉の旨みが逃げないようにうまくやんなきゃいけない。それはわかるよね？」

「はい」

「あとは塩コショウの加減。それだけだよ」

「え、それだけ？」

とても信じられなくて、淳平は眉をひそめた。そんなことであの味が出せるのなら、何の苦労もいらないのではないか。

「そう、それだけ。店のマニュアルには、塩コショウは適量としか書いてないけど、本当の適量をかければ、ちゃんと美味しくなるんだよ。ただ、それを見極めるのは簡単じゃないけどね。焼き加減によっても変わってくるから」

「はあ……」

「あたしも、何グラム何ミリグラムが適量かなんて説明はできないよ。その度《たび》に目や鼻で判断してやってるんだから。要は職人としての勘ってこと」

確かに、料理にはよく「適量」という言葉が使われる。だが、多くの人は悪い意味の「適当な量」で良しとして、真に「適切な量」を追求していないのではないか。

けれど、伊都香はその適切な量を、おそらくはミリグラム、いや、ひょっとしたらマイクログラム単位で見極めることができるのかもしれない。それも、計量器具など使わずに。

「あと、これはたぶん怒られると思うんだけど、塩コショウは決まった割合で混ぜて容器に移すことになってるじゃない。だけど、あたしはそれをちょっと変えてるんだよね」

「え、そうなんですか？」

「ただ、あたしが調合してる割合だと、誰でも美味しくできるってわけじゃないんだ。ちょっとでも多かったり少なかったりすると、途端に味が落ちちゃうから。その点、マニュアルの割合は、誰が焼いても失敗しないものになってるけどね」

言葉遣いや態度からは、伊都香は正直がさつな人間に見える。けれど、料理に関しては、実に繊細《せんさい》なものを持っているようだ。

おそらく、舌や鼻だけでなく、五感を駆使して料理をするのではないか。肉の焼ける音すらも、出来上がりを判断する根拠になるに違いない。

「すごいですね、本当に。感服いたしました」

恭《うやうや》しく頭を下げると、伊都香は「ちょっと、やめてよ」と、焦《あせ》り気味に言った。

「あたしはこれを仕事にしてるわけだから、そんな褒《ほ》められるようなことじゃないんだってば。むしろできて当たり前っていうか」

「いえ、誰にでもできることじゃないと思います。僕はさっき、ライスもスープも口にしないで、ハンバーグだけを夢中で食べました。そのぐらい美味しかったんです」

「んー、だったら、お礼を言うのはあたしのほうだわ」

「え？」

「だって、そこまでわかってくれたひとなんて、今までひとりもいなかったんだからさ。ウチの店長なんて、あたしのこと丸っきり信用してないみたいだし。さっきも榊原さんから店長が呼んでるって言われて、きっとお払い箱なんだろうなって思ったもの」

「いや、そんなことは――」

否定しかけて、淳平は口をつぐんだ。ここの店長が伊都香を信頼していないのは間違いないようだし、おそらく男の厨房担当が見つかったら、何らかの理由をつけて交代させるのではないか。

（だったら、ウチの店に来てくれればいいのに……）

それもサブではなく、チーフとして。

だが、東京西店には厭味《いやみ》なチーフ――木谷がいる。彼がそう簡単に地位を譲《ゆず》るとは思えなかった。

木谷も確かに腕がいい。東京西店に配属が決まった初日に、一度だけ食べさせてもらったのだが、絶妙な焼き加減だと感心したのを覚えている。

だが、あれも伊都香と比べれば、まったく話にならない。ごく平凡な出来だ。

ここの店長は、男の厨房スタッフが欲しかったようである。だったら、ふたりが勤務先を替われば、万事オーケーなのではないか。

とは言え、淳平に人事の権限などない。そんな命令がくだった場合、伊都香はすんなり従いそうでも、木谷はどうしてなのかとゴネる気がする。

いい方法はないかなと、淳平はつい考え込んでしまった。

「……どうかしたの？」

声をかけられ、ようやく我に返る。伊都香が怪訝そうに、こちらをじっと見ていた。

「あ――すみません。ところで、相良さんは『もんぐりる』に入られる以前は、どちらのお店に勤めていらしたんですか？」

きっと有名なレストランに違いない。そう確信していたのである。だから、

「え、あたし？　あたしは――」

彼女の口から出た名前に、淳平は驚いた。なんと、「もんぐりる」とは別のファミリーレストランチェーンだったからである。

「え、それじゃ、その店でも……？」

「そうだね。ハンバーグやステーキを焼いたりとか、今とそんなに変わらないことをしてたけど」

「そちらはどうして辞《や》められたんですか？」

訊ねると、伊都香は気まずげに顔をしかめた。

「ようするに、さっきも言ったようなことをしてたんだよ。マニュアルに従わないで、味付けを変えちゃうとか。それで料理を不味《まず》くしたわけじゃなくて、むしろ美味しくしたつもりなんだけど、ヘンなことをやってるって厨房のスタッフに告げ口されちゃってさ。それでクビ」

なるほど、だからさっき、本社に密告するつもりなのかと確認したのか。

「だけど、相良さんほどの腕なら、ファミレス以外のどこでも通用すると思いますけど。あと、いっそご自分で店を持つとか。そうすれば、マニュアルに縛《しば》られることもないでしょうし」

「あー、無理無理。だって、あたしができることなんて限られてるもの。料理の専門的なことを勉強したわけじゃないし、どっかの店で修業したわけでもないから」

「え、そうなんですか？」

「そうよ。ずっとファミレスだけ。あたしは簡単なことしかできないのよ」

だが、その簡単なひと手間で、あれだけ美味しくできるというのは、一種の才能と言えるのではないか。

「ええと、ちなみに、相良さんの得意な料理って何ですか？」

「そうだね。カレーかな」

「つまり、インド料理の――」

「じゃなくて、普通のカレーライス。家で作って食べるようなやつよ。あれなら簡単にできるからね」

そう言って、伊都香は照れくさそうに頰《ほお》を緩《ゆる》めた。

「あたしは、気取った料理なんて好きじゃないのよ。大人も子供も、誰でも気軽に美味しいって食べられるような、そういうのがいいの。それこそ、ファミレスで提供するメニューでも、ハンバーグとかのポピュラーな料理ね」

「そうなんですか」

「だからあたしは、ファミレスで仕事をしてるの。たまの外食で、家族みんなが美味しいって笑顔になるものを作りたいから。そのためになら、いくらでも手間をかけるわ」

チーフだからと尊大に振る舞う木谷に、伊都香の爪の垢《あか》を煎《せん》じて飲ませてやりたいと淳平は思った。

(やっぱり相良さんには、ウチの店に来てもらいたい)

何かいい方法はないか、あとで多華子に相談してみよう。

「今日はありがとうね」

いきなり礼を言われ、淳平は面喰《く》らった。

「え、何がですか?」

「あたしの焼いたハンバーグが美味しいって言ってくれて。それに、わざわざ事務所まで訪ねてくれたじゃない。おかげで励《はげ》みになったよ」

伊都香が白い歯をこぼす。少年っぽいという印象だったが、笑顔は意外と女の子っぽくて、可愛《かわい》らしかった。年上なのに、そんな感想は失礼かも知れないけれど。

食事をした店をあとにして、東京西店に向かいながら、淳平は考えた。

(そっか……カレーフェアとかいいかもしれない)

「もんぐりる」のメニューにもカレーはあるが、セントラルキッチンから運ばれたものを温めて提供するものだ。そうではなく、店で作ったものを出せないだろうか。

前に、いずみが店独自のメニューを提供できないかと言ったことを思い出したのだ。もしも伊都香に来てもらえることになったら、是非やってみたい。

（ただ、あまり凝《こ》ったものだと、ウチの厨房じゃ作れないかも……）

いや、伊都香は簡単なことしかできないと言った。それに、彼女なら限られた条件の中で、いくらでも美味しいものを作ってくれそうな気がする。

ハンドルを握りながら、淳平は胸が大いにはずむのを覚えた。

3

店に着いたのは、ランチのピークのあとだった。

（あれ、どうしたんだ？）

フロアに出るなり、様子がおかしいことに気づく。やけに殺伐《さつばつ》とした雰囲気だったのだ。客席のほうは普段とそう変わりないが、スタッフたちが押し黙り、どこかビクついている。

「何かあったの？」

レジのところにいたいずみにこっそり訊ねると、彼女は顔をしかめて答えた。

「恵奈ちゃんがやっちゃったのよ」

「え、やっちゃったって？」

「転んで、焼き上がったばかりのハンバーグをぶちまけちゃったの」

「ええっ⁉」

「幸い、客席に出る前だったから、お客様に被害はなかったんだけど、チーフの木谷さんが怒っちゃって、恵奈ちゃんを怒鳴《どな》りつけたの。それも、店内に響くような大きな声で。もう、最悪の空気だったわ」

「そうだったのか……」

普段の態度が態度だけに、木谷の怒り具合が容易に想像できた。きっと嫌みったらしいことも言ったのだろう。

「もともと恵奈ちゃんって失敗が多かったから、木谷さんはイラついてたみたいなの。それが一気に出たみたいね。で、木谷さんのほうはそれでスッキリしたけど、他のみんなは完全に萎縮《いしゅく》しちゃったってわけ。恵奈ちゃんは泣いちゃったし」

「え、それじゃ、今どこに？」

「更衣室だと思うわ。亜矢子さんがついていったから、慰《なぐさ》めてるんじゃないかしら」

「そっか……じゃあ、僕も行ってみるよ」

「お願いね」

バックヤードへ引き返す前に、淳平は厨房をチラッと覗《のぞ》いた。くだんの傲慢《ごうまん》なチーフは椅子《いす》にふんぞり返り、他の厨房スタッフにあれこれ命じている。見るからに威張《いば》りくさっているとわかる態度で。

(セクハラはするし、みんなを萎縮させるし、まったく、どうしようもないひとだな)

どうにかしてこの店を辞めてもらえないかと憤《いきどお》りを覚えつつ、淳平は奥へ向かった。

物品棚の陰にある休憩室兼更衣室は、男女で分かれている。中にはロッカーと長椅子があり、数人はたむろできるぐらいの広さがあった。

女子用のドアには、使用中のプレートがかかっている。中から嗚咽《おえつ》らしきものが聞こえた。

(本当に泣いてるんだな……)

恵奈はたしかに失敗が多かったけれど、最近はだいぶ改善されていた。まあ、出来たての料理をひっくり返すのは最悪の失態と言えるが、それにしたって泣かせることはないだろう。だいたい、何かあったときにフォローするのが、年長者の役目ではないのか。

ぶり返しそうになった怒りを抑え込み、淳平は女子更衣室のドアをノックした。

「はい」

中から返事がある。亜矢子の声だ。

「堂島です。ちょっといいですか？」

「はい、どうぞ」

「失礼します」

ドアを開けるなり、なまめかしい乳くささが中から溢《あふ》れ出る。普段、女の子たちが着替えをする場所なのだから当然だ。甘ったるい肌の匂いの他、制汗スプレーやコロンの香料も含まれているのだろう。

入っていいのかなとためらいを覚えたものの、恵奈のことが気になる。淳平は足を踏み入れ、後ろ手でドアを閉めた。

途端に、行き場を失った匂いが濃厚に立ちこめる。悩ましさに頭がクラクラするようだった。

恵奈と亜矢子は、中央に置かれたレザーの長椅子に腰掛けていた。それも、ふたり寄り添《そ》って。

いや、小柄な女の子は、年上の人妻にしがみつき、胸に顔を埋《うず》めていたのだ。そうして、叱《しか》られた子供みたいに、えぐえぐとしゃくり上げている。ふたりとも揃《そろ》いの制服姿だから、どことなく不思議な光景に見えた。

「あの……だいじょうぶ？」

声をかけると、亜矢子が困った顔でこちらを振り仰いだ。

「ずっと泣いてるんです」

「そうだろうね……みんなの前で叱られたら、そうなっちゃうよね」

「まあ、それだけが理由じゃないんですけど」

「え？」

他にも何かされたのかと、淳平は顔をしかめた。すると、亜矢子が胸に抱いた女子大生に話しかける。

「ねえ、恵奈ちゃん、泣いてばかりいても解決しないから、さっきのこと、堂島さんにお願いしたらどうかしら」

「え、お願いって――」

ひょっとして、木谷を辞めさせてほしいということなのか。

それは淳平も同じ気持ちであったが、そう簡単なことではない。何より、今日の件はもともと恵奈のミスなのだ。それでひどく叱られたからといって、彼を辞めさせる理由にはならない。

まあ、これまでのセクハラ行為などを加味すれば、やむを得ないと判断されるかもしれないが。

「ね、泣いてたって、何も解決しないわ。恵奈ちゃんが本当に変わりたいと思っているのなら、できるだけのことはしなくっちゃ」

亜矢子の言葉に（おや？）と思う。どうやら木谷をどうこうするというのではなく、恵奈自身にかかわることらしい。

（つまり、失敗ばかりの自分から成長したいってことなのか？）

そういう前向きな姿勢は評価できる。ただ、その手助けが自分にできるのかというと、大いに疑問であった。

と、恵奈がようやく顔を上げる。目許が涙でグショグショになっていた。

「……堂島さん、本当に手伝ってくれるんですか？」

彼女はしゃくり上げながら、淳平ではなく亜矢子に訊ねた。

「それならだいじょうぶ。わたしも入店するとき、堂島さんにいろいろと教わったのよ」

「え、本当に？」

「ええ。とても頼りになる方だから」

目の前で褒めちぎられて気恥ずかしさを覚えつつ、淳平は怪訝に思った。

（僕、亜矢子さんに何か教えたりしたっけ？）

仕事に関する指導は、すべていずみがしたのである。

「それに、堂島さん以外に頼めるひとなんていないでしょ?」

「……うん」

「じゃ、そうしましょ。いいわね?」

確認され、恵奈がコクリとうなずく。亜矢子が満足げな笑みを浮かべた。

そして、再びこちらを振り仰ぐ。

「こちらに来ていただけますか?」

「え、こちら?」

「わたしたちの前に」

淳平は首をかしげつつ、ふたりの前に進んだ。すると、人妻が手を差しのべてくる。牡《おす》の股間部分へと真っ直《ます》ぐに。

「え、ちょ、ちょっと——」

逃げようとしたものの、彼女の手のほうが速かった。ズボンの上から牡のシンボルを握られ、たちまち腰砕けになる。

「あ、あ——ううう」

目のくらむ快美が背すじを駆《か》け抜け、膝《ひざ》がガクガクとわなないた。

「あら。もう大きくなってたの？」

亜矢子があきれたふうな声で訊ねる。女子更衣室にこもるなまめかしい匂いのせいで、そこは半勃ち状態になっていたようだ。

そして、しなやかな手指でモミモミされ、たちどころに完全勃起する。

「硬くなったわ」

嬉しそうに白い歯をこぼす美しい人妻。彼女にぴったり寄り添って、愛らしい女子大生は目を丸くしている。

ふたりの視線は、牡のふくらみ一点に集中していた。

「ど、どうしてこんなことを——」

腰を揺らし、鼻息を荒くして訊ねると、亜矢子が小首をかしげて見上げてきた。

「恵奈ちゃんがどうしてすぐに転ぶのか、堂島さんは理由を聞きましたか？」

「えと……スカートが苦手だからって——ううう」

たまらず呻《うめ》いてしまう。会話のあいだも、彼女はずっと高まりを愛撫《あいぶ》していたのだ。

「それで、恵奈ちゃんはずっと悩んでたんです。スカートが苦手なのは、自分が女らしくないからじゃないかって」

「い、いや、充分に女の子っぽいと思うけど。可愛いし」

「女の子っぽくじゃなくて、女らしくなりたいんです」

そう言ったのは恵奈だ。子供扱いされて悔《くや》しかったのか、濡《ぬ》れた目で睨《にら》んでくる。

「わたしは、大人の女になりたいんです。子供っぽい自分から卒業したいんです。二十歳《はたち》になったのに、何も知らないままなんてイヤなんです！」

彼女がそこまで言ったことで、淳平はようやく理解した。どうして亜矢子が突飛《とっぴ》な行動に出たのかを。

（つまり、恵奈ちゃんはまだバージンで、大人の女になりたいってことは、この場で初体験を——）

そして、その相手に自分が選ばれたというのか。

たしかに恵奈は可愛らしい。本人は子供っぽいと気にしているであろうところも、彼女の魅力になっていた。お付き合いできるものならしたいと、男なら誰でも思うのではないか。もちろん、淳平もそのひとりだ。

だからこそ、こんなところで純潔を散らすようなことはしたくない。

「そういうわけですから、堂島さんも協力してあげてくださいね」

亜矢子が軽い口調で要請する。だが、そんな簡単に引き受けられるわけがなかった。

「きょ、協力ったって、無理ですよ」

「どうして無理なんですか？　だいたい、こんなこと、堂島さんにしかお願いできないんですから」

「いや、でも……」

「お願いします。恵奈ちゃんが少しでも男のひとを理解して、自信がつくようにしてあげたいんです」

「え、理解？」

淳平はきょとんとなった。てっきり、処女を奪ってあげるよう頼まれるのではないかと思っていたからだ。

「理解ってことは、最後までしなくてもいいんですね？」

「え、最後まで？」

今度は亜矢子がきょとんとなる。恵奈と顔を見合わせ、ようやく納得したふうにうなずいた。

「え、え？」

恵奈のほうは訳がわからないというふうに、混乱した素振りを見せている。

「まあ、そこまでは恵奈ちゃんも望んでいないと思いますよ。最終的にどうするのかは、本人次第ですけど」

曖昧《あいまい》な説明に判然としないものを感じたものの、すでに勃起を握られているのだ。こちらが望まずとも、物事は否応なく進行していた。

(ようするに、男のからだを教えるってことなんだろうな。勃起してるところとか、射精するところとか見せて)

それこそ、何も行動できない人妻の殻を破るためにと、いずみが男女の戯《たわむ》れを亜矢子に見せつけたみたいに。ただ、さすがに今は、セックスまでしてみせないだろう。

(あのときも亜矢子さんは、手でしただけだったし)

夫に悪いと思ったのか、単に恥ずかしかったのかはわからない。どちらにせよ、恵奈の前で最後までということはあるまい。

だったらいいかと思ったとき、亜矢子が高まりから手をはずした。

4

「じゃ、脱がせますね」

ベルトを弛《ゆる》め、ファスナーをおろす。ズボンが足首まで自然に落ちると、不格好な盛りあがりをこしらえるブリーフにも指をかけた。

上向いた若勃起に引っかからないよう、亜矢子はゴムを前に引っ張り、隙間《すきま》をこしらえてから脱がせた。同じことを夫にもしてあげているから、手順がわかっているのだろう。さすが人妻と言うべき気遣いに、腰の裏がゾクゾクするようだ。

もっとも、恥ずかしいところを晒《さら》してしまっては、それどころではない。

「キャッ」

そそり立つ肉茎を目の当たりにして、恵奈が小さな悲鳴をあげる。けれど、血管を浮かせた肉胴を誇示する器官から、視線をはずすことはなかった。

「これが男のひとの勃起したペニスよ」

ワイシャツの裾《すそ》をめくって男性器全体をあらわにし、亜矢子が解説する。

ふたりの目の高さは、反り返るものとほぼ同じだ。まともに見られているおかげで、羞《しゅう》恥《ち》が著《いちじる》しい。

そのくせ、ビクリビクリと嬉しがるみたいに脈打つのは、このあいだと一緒だ。

「どう？」

亜矢子の短い問いかけに、恵奈が小さくうなずく。

「こんなになっちゃうんですね……」

「そうよ。昂奮《こうふん》すると大きくなって、硬くなるの。でないと、膣に入らないでしょ？」

「チツ？　ああ……うん」

「こうして見ると怖い感じがあるかもしれないけど、ここって男のひとの弱点でもあるの。だって、女性にさわられたら気持ちよくなって、抵抗できなくなるんですもの」

「そうなんですか？」

「ええ、そうよ。見てて」

人妻が手を差しのべる。いきり立つ肉棒に指を回し、軽く握った。

「あああぁ」

淳平はたまらず声を上げ、膝をガクガクと揺らした。しっとりと包み込まれる感じが最高で、目のくらむ悦びに息づかいが荒ぶる。

「え、痛いの？」

恵奈が驚きを浮かべた。何も知らない処女には、そんなふうに映るのかもしれない。

「そうじゃなくて、気持ちいいのよ。それから、ここも」

亜矢子は真下に垂《た》れた陰嚢も捧げ持ち、ブランデーグラスみたいに手の上で転がした。

あやしい快さにまみれたシワ袋が、固くなって持ち上がる。

「そこって男性の急所じゃないんですか？」

「そうよ。中にタマタマが入ってるから。蹴られたりしたら痛いけど、そっと撫《な》でてあげると感じるのよ」

「へえ」

感心したふうにうなずく恵奈は、涙などとっくに止まった様子だ。瞳を好奇心にきらめかせ、人妻のレクチャーに耳を傾《かたむ》ける。

「ほら、堂島さんも気持ちよさそうにしてるでしょ」

筒肉をしごかれ、嚢袋を弄《もてあそ》ばれ、淳平は堪《こら》えようもなく喘《あえ》いだ。おそらく、愉悦に蕩《とろ》けただらしない顔をしているのだろう。

「ホントだ」

処女にまで同意され、みっともなくて泣きたくなる。けれど、涙をこぼすより先に、鈴口から透明な先汁が滲《にじ》み出た。

「あ、何か出てきましたよ」

目ざとく見つけた恵奈が報告する。

「これは、堂島さんが感じている証拠なの。気持ちよくなると、ペニスからこういうお汁が出てくるのよ」

「それって、精液じゃないんですか?」

「精液の前に出るものなの。正式な名前は、わたしも忘れちゃったけど。それに、精液だったら、もっと勢いよくピュッて飛ぶのよ」

この説明に、愛らしい女子大生が表情を輝かせる。

「あ、それじゃ、女の子がいやらしい気持ちになるとアソコが濡れるのと、これって同じものなんですか？」

「ええ、そうね。どちらも濡れれば、ペニスが膣に入りやすくなるでしょ？」

「なるほど」

こちらの存在など無視した、あられもないやりとりを聞かされて、淳平は居たたまれなかった。ただ、意外に感じたことがある。

（そうすると、恵奈ちゃんは濡れたことがあるんだな）

あるいは、オナニーぐらいならしたことがあるのではないか。いずみも初体験をする前、高校生のときからクリトリスを刺激し、イクことも知っていたそうだから。

現に今も、恵奈は長椅子の上でヒップをモジモジさせている。初めて目にした牡の漲《みなぎ》りに、劣情を覚えているのだろうか。

（幼く見えても、女ってことなんだな）

だったら、もうおしまいにしてもいいような気がする。思ったものの、人妻の愛撫で高められた淳平のほうが、治まりがつかなくなっていた。このまま放り出されたら、頭がおかしくなるかもしれない。

「恵奈ちゃんもさわってみる？」

誘いの言葉に、愛らしい処女がためらいを示す。

「わたしは、でも……」

「これ、とっても硬いのよ。そういうのは、実際にさわらないとわからないでしょ？」

もっともなことを言われ、「わかりました」と素直にうなずく。すぐに了承したところを見ると、本当はさわってみたかったのではないか。

「じゃあ、どうぞ」

人妻の手が離れると、分身が雄々《おお》しくしゃくり上げる。まるで、もっとしてほしいと駄々《だだ》をこねるみたいに。

「う……それじゃ、さわりますね」

淳平を上目づかいでチラ見してから、恵奈が小さな手を屹立《きつりつ》に近づける。おっかなびっくりというふうに指を回し、ひと呼吸置いてから握った。

「ううう」

淳平は呻き、今にも崩れそうに膝を揺らした。

気持ちよかったのは確かである。だが、小さな手やあどけない面立ちが背徳的で、いっそう感じてしまったのだ。

それこそ、いたいけな少女にイケナイことをさせているようで。

「ホントだ。すごく硬いです」

恵奈が回した指にニギニギと強弱をつける。背すじが歓喜に痺《しび》れ、淳平は分身をいっそう脈打たせてしまった。

「キャッ」

悲鳴が上がり、可愛い手がはずされる。

「どうしたの？」

亜矢子が心配そうに訊ねた。

「これ……オチンチンが動いたんです。ビクビクッて」

「ああ。それは気持ちいいからなのよ」

代わって人妻が欲棒を握る。恵奈のあとだから妙に新鮮で、目の奥が絞《しぼ》られるほどに快感が高まった。

「むふぅ」

太い鼻息がこぼれ、カウパー腺液がトロリと溢れる。それは糸を引いて滴《したた》り、透明な振り子となって亀頭の下で揺れた。

「また硬くなったみたい。これならすぐに射精するかもしれないわ」

亜矢子が確認するみたいに、上目づかいで見つめてくる。淳平は息をはずませながら、無言でうなずいた。

「恵奈ちゃん、精液が出るところ見たい？」

「はい」

即答したのは、それだけ好奇心がふくれあがっていたからだろう。

「それじゃ、わたしがペニスをしごくから、恵奈ちゃんは精液を手で受け止めてちょうだい」

「受け止めるって？」

「さっきも言ったけど、精液って勢いよく飛ぶの。水鉄砲みたいに。このあいだも――」

言いかけて、人妻が口をつぐむ。淳平のザーメンであちこち汚されたことを、つい言いそうになったのだろう。

「え、このあいだ？」

恵奈が小首をかしげる。

「ううん、何でもないわ。とにかく、あちこち飛んだら後始末が大変だから、汚さないようにしなくちゃいけないの」

「はい……えと、どうしようかな」

つぶやいた女子大生が、長椅子から立ちあがる。上向いたペニスの角度から、射精の方向を確認しようとしたらしい。

「このあたりかしら」

両手をお椀《わん》のかたちにして、亀頭の前で受け止める態勢を整える。

「あ、袖《そで》をまくっておいた方がいいわ。かかるかもしれないから」

「はーい」

言われたとおりに肘《ひじ》まであらわにすると、恵奈は再び身構えた。

「いい？　それじゃ、始めるわよ」

亜矢子はからだの位置をずらし、横から握るようにしてしごいた。もう一方の手も玉袋に添え、優しく揉《も》み撫でる。

「あ、くぁ、あああっ」

たちまち頂上が迫り、淳平は声を上げた。膝がもたなくなりそうだったので、人妻の肩に手をついて、どうにかからだを支える。

「あ、すごい。もうイッちゃいそうよ」

「え、え、どうしよう」

「出るところ、ちゃんと見てなさい」

「は、はい」

溢れた先走りが亀頭の丸みを伝い、しなやかな指をヌメらせる。その潤滑剤《じゅんかつ》を用いて、敏感なくびれをくちくちと刺激された。

「くううう、あ──あふっ」

息が荒ぶる。理性が蕩かされ、何も考えられなくなる。快美が全身に行き渡り、撫でられる陰嚢が下腹にめり込んだ。

「あ、出る」

短く告げるなり、めくるめく瞬間が訪れる。しごかれる強《こわ》ばりの中心を、熱情が貫《つらぬ》いた。

びゅるんッ──。

白濁液の固まりが、糸を引いて放たれる。

「あ、あ、あ」

焦った声をあげた恵奈が、次々とほとばしるザーメンをちゃんと受け止められたのか、淳平にはわからなかった。強烈な射精感に五感を亡き者にされ、そんな余裕はなかったのだ。倒れないよう、自身のからだを支えるだけで精一杯だった。

「いっぱい出てるわ」

亜矢子の声も耳に遠い。竿《さお》も玉も巧《たく》みに揉みしごかれ、オルガスムスが長く続いた。最後に、根元から穂先まで強くしごかれ、尿道に残ったものがドロリと滴る。

「くはぁ……」

淳平は深い息を吐《は》いた。絶頂の波が去り、ようやく我に返ったものの、今度は倦怠《けんたい》が押し寄せてくる。

「さ、ここに坐って」

亜矢子がおしりをずらして長椅子を勧めてくれなかったら、床に崩れ落ちていただろう。フラつきながらも、どうにか腰掛ける。

「わあ、こんなにたくさん」

恵奈の声に虚《うつ》ろな視線を向ければ、白濁液は手首から肘の近くまで飛び散っていた。ただ、彼女は立っていたから、手のお椀にどれほど溜《た》まっていたのかまでは見えない。

「それが精液よ。どんな感じ？」

「あったかくて、ドロドロしてます。トロロみたい」

「匂いは？」

言われて、精液溜まりを鼻先にかざし、クンクンと鼻を鳴らす処女。悩ましげに眉根を

寄せ、

「不思議な匂い……プールの塩素みたいな？」

と、感想を述べた。

「じゃあ、手を洗ってらっしゃい」

「はあい」

恵奈が明るく返事をし、更衣室の隅にある手洗い場に向かう。

ようやく射精後の虚脱状態から抜け出し、淳平は「ふう」と息をついた。満足を遂《と》げた分身は縮《ちぢ》こまり、尖端に半透明の雫《しずく》を光らせている。

（これで終わりなんだよな……）

そう思ったとき、隣から手がのびてきた。亜矢子だ。

「ううう」

軟《やわ》らかくなった秘茎をつままれ、くすぐったいような快さが広がる。もっとも、そこが膨張する気配はなかった。

「小さくなっちゃったわね」

残念そうにつぶやいた人妻であったが、不意に艶《つや》っぽい笑みを浮かべる。

「ここも綺麗にしなくちゃね」

そう告げるなり、彼女がいきなり顔を伏せる。剝《む》き出しの牡の股間に。

「え、ちょ、ちょっと——あああっ」

堪え切れずにのけ反《ぞ》り、声を上げる。射精後で過敏になった亀頭が温かく濡れたところに含まれ、チュウと吸われたのだ。

さらに、舌が粘膜を忙《せわ》しく這《は》い回る。むず痒《がゆ》さを極限まで高めたような快感に、淳平は喉《のど》をゼイゼイと鳴らした。

（亜矢子さんが僕のを——）

美しい人妻からフェラチオをされている。その事実だけで昂《たか》ぶりがふくれあがり、海綿体が血液を集めた。

あの控《ひか》え目で淑《しと》やかだった彼女が、どうしてここまでできるのだろう。ファミレスで働くようになって性格が明るくなり、大胆になったというのか。

（いや、そうじゃない……恵奈ちゃんがいるからだ）

何も知らない処女にあれこれ教えることで優越感が高まり、素直に感心されて喜びも覚えたに違いない。そのため、エスカレートしてしまったのではないか。

そんなことを考えるあいだに、ペニスは完全に勢いを取り戻した。

ふくらみきった亀頭を強く吸ってから、亜矢子が顔を上げる。濡れた唇を手の甲で拭《ぬぐ》い、淫蕩《いんとう》に頰を緩めた。

「大きくなったわ……」

そこへ、手を洗い終えた恵奈が戻ってくる。

「え、どうかしたんですか？」

「堂島さんのペニスが、また大きくなっちゃったの」

「ええっ⁉」

驚きをあらわにした女子大生の視線の先には、頭部を赤く腫《は》らした牡器官があった。

「あ、ホントだ。すごい……」

まじまじと見つめ、コクッと喉を鳴らす処女。それを見て、亜矢子が愉しげに目を細める。

「ねえ、恵奈ちゃん。せっかくだから、セックスも見たくない？」

誘いの言葉に、誰よりも驚いたのは淳平だった。

5

（嘘《うそ》だろ……）

目の前の光景なのに、とても現実とは思えない。そこまで信じ難《がた》いものだったのだ。

長椅子から立ちあがった人妻が、思わせぶりにこちらを見つめながら、制服のスカートを脱ぐ。それからちょっと考えて、くるりと背中を向けた。

（ああ……）

心の中で感嘆し、淳平は目を見開いた。

彼女はベージュのパンティストッキングを穿《は》いていた。ナイロンの薄地に透《す》けるのは、むっちりしたヒップに喰い込む紫色のパンティ。そこから大人の女の色気がぷんぷんと匂い立つようだ。

そして、二枚のインナーがまとめて脱ぎおろされる。

あのとき、いずみがしたのと同じ半裸エプロン。着衣でおしりだけをまる出しにした恰《かっ》好《こう》は、全裸よりもいやらしい。

おまけに、あらわになっているのは、美しい人妻の完熟ヒップなのだ。予想以上のボリュームに圧倒される。重たげな双丘の下側、綺麗な波形のラインを描くところの肌が、わずかにくすんでいるのがやけにいやらしい。

亜矢子はパンストとパンティを膝に止めたまま、ロッカーに手をついて熟《う》れ尻を突き出した。深い谷が割れ、濃いめの恥叢をたくわえた陰部が晒される。

「ね、舐《な》めてくださる？」

顔を後ろに向けた人妻がおねだりする。どこを舐めるのかなんて、確認するまでもなかった。

「ペニスを挿《い》れる前に、しっかり濡らさなくちゃいけないでしょ」

頬を赤らめて告げられた言葉は、恵奈に聞かせるためのものだったのだろう。いたいけな処女に、男女の行為を教えるという口実で始めたことであったから。

けれど、本当のところは、亜矢子自身がそれを求めているのではないか。

欲望に駆られたのは、淳平も同じである。長椅子からおりて膝をつくと、尻出し妻の真後ろに進んだ。

なまめかしい匂いが漂《ただよ》ってくる。蒸れた汗とヨーグルトを混ぜたみたいな、どこかケモノっぽいパフューム。深々と吸い込まずにいられない。

「ね、早く」

焦《じ》れったげに急《せ》かし、亜矢子がさらにヒップを突き出した。

むわ——。

濃密さを増した淫臭が放たれ、淳平は頭がクラクラするのを覚えた。酸味が強まり、鼻奥をツンと刺激する成分が感じられる。

匂いだけでなく、麗《うるわ》しい人妻は陰部の眺めもケモノっぽかった。恥苑の佇《たたず》まいが確認できないほどに縮れ毛が繁茂し、尻の谷間にも短めのものが群れている。それも尾骨の近くまで。万事控え目な性格や、普段の淑やかな振る舞いとは真逆と言えよう。

ただ、それだけに昂奮させられたのも事実だ。意外性が劣情を呼び込み、胸が震える心地がした。

「あん、すごい」

いつの間にかそばに来ていた恵奈が、あらわに晒された秘苑を見てつぶやく。同性の目にも、亜矢子のそこは特異に映るのだろうか。

いや、単純に、自分のものと比べての感想なのかもしれない。いたいけなバージンは、子供っぽい外見そのままに、秘毛も淡《あわ》そうだから。

そんな彼女に、いやらしいところを見せつけたいという衝動に駆られる。

淳平は熟れ尻の谷に顔を埋めた。猥雑《わいざつ》な秘臭に昂奮しながら、舌で叢《くさむら》をかき分ける。

到達した恥唇は、すでに熱く湿っていた。これならクンニリングスの必要はなさそうだが、今や淳平自身が舐めずにいられなくなっていた。

「くううう」

恥割れに舌を差し込むと、切なげな呻き声が洩《も》れ聞こえる。たわわな臀部《でんぶ》がキュッとすぼまり、鼻面を挟《はさ》み込んだ。

毛まみれの芯部《しんぶ》をねぶりながら、淳平は尻の谷にこもる匂いを深々と吸い込んだ。鼻の頭がちょうどアヌスに当たっており、なまめかしく収縮するそこに、恥ずかしいプライベート臭が残っているのを嗅《か》ぎ取って驚喜する。

（これが亜矢子さんの、おしりの匂い――）

多華子のそれよりもはっきりしているのは、繁茂する毛に匂いのモトがこびりつくためではないか。

頭に血が昇るほど昂ぶった淳平は、人妻のアヌスにも舌を這わせた。さすがに拒《こば》まれるかと思えば、

「ああっ、そ、そんなところも舐めてくれるの？」

歓迎したふうな声音《こわね》に（え？）となる。さらにペロペロと舐めまくれば、「くぅうーン」と嬉しそうな艶声があがった。

（亜矢子さんって、ひょっとしたらすごくいやらしいひとなのかも……）

けれど幻滅はしない。むしろ、普段見せる姿とのギャップに、ふくれあがる昂奮を抑えきれなかった。

淳平はフガフガと鼻を鳴らし、腹を空かせた野犬が餌《えさ》にありついたみたいに、人妻の陰部をねぶり回した。もともとあった秘臭に唾液が混じり、いっそう淫《みだ》らな匂いを漂わせる

のに、眩暈《めまい》を起こしそうになりながら。

「も、もういいわ。挿れてちょうだい」

たまらなくなったふうなおねだりが聞こえたのは、五分近くも女芯舐めを続けてからだった。一帯は唾《つば》と蜜汁でドロドロになり、張りついた恥叢がやけにいやらしい。

亜矢子はロッカーから離れると、フラつきながら長椅子に戻った。腰掛けてパンストとパンティから片脚だけ抜き、仰向けに横たわる。

「ねえ、来て……」

両手を差し出して招かれ、淳平はナマ唾を呑《の》んだ。

(ああ、いよいよ亜矢子さんと——)

逸る気持ちをなだめながらジャケットを脱ぎ、ネクタイも急いではずす。それから、半裸の熟れボディに身を重ねた。

「こ、ここに——」

いきり立つ牡棒が、情欲にまみれた人妻によって導かれる。切っ先が濡れた蜜苑に触れるなり、身につまされるような熱さが伝わってきた。

「挿れます」

短く告げ、腰を沈める。強ばりきった肉槍は、膣穴を深々と貫いた。

「あああーッ」

なまめかしい嬌声《きょうせい》が、更衣室に反響した——。

昇りつめ、ぐったりした亜矢子から、淳平はからだを離した。

「ふう……」

息を吐き、長椅子にしどけなく横たわる人妻を眺める。

二回連続のオルガスムスに、彼女は起き上がることもできない様子だ。エプロンの胸を大きく上下させ、深い呼吸を繰り返す。濡れた女陰があらわに晒されていることを、気にかける余裕もないらしい。

淳平の分身は、雄々しくいきり立ったままであった。中に放精しなかったのは許可を得ていなかったためと、もしも妊娠したらと考えたせいだ。

亜矢子は早く子供がほしいと言っていた。自分とのあいだに赤ちゃんができて、それを夫婦が育てるようなことになったら、さすがに居たたまれない。絶対に避《さ》けねばならない事態である。

心地よい蜜壺の締《し》めつけに耐《た》えたペニスは、全体に白く濁《にご》った淫液をまといつかせている。ところどころに、カス状の付着物もあった。

それを見おろし、終わったばかりの激しい交わりを反芻していると、

「堂島さん、射精しなかったんですか?」

横から声をかけられてドキッとする。恵奈だった。

「え? ああ、うん……」

返事をしたものの、急に恥ずかしくなる。人妻とのセックスを彼女に見られていたことを、今さら思い出したからだ。

恵奈は最初こそは、好奇心まる出しの振る舞いを見せた。結合部をあらゆる方向から覗き込み、

『すごーい、ホントに入ってる』

と、感嘆の声を上げた。抉《えぐ》られる牝穴から白い淫液が滴っているところを、事細かに報告することまでした。それによって亜矢子はいっそう昂奮し、はしたなく腰をくねらせたのである。

だが、あとのほうは、恵奈はほとんど無言であった。どうしたのかと様子を窺《うかが》うと、床にぺたんと坐って固まり、圧倒されたふうに目を見開いていた。やはり処女には刺激が強すぎたようだ。

今も彼女は、頰をリンゴみたいに赤く染めている。未《いま》だ昂奮冷めやらぬというふうに。

そして、目には淫蕩な輝きを湛《たた》えていた。

「精液を出さなくて、だいじょうぶなんですか？」

ストレートな問いかけに、淳平はなんと答えればいいのか、咄嗟《とっさ》に言葉が出てこなかった。不用意なことを口にしたら、処女を奪ってほしいとねだられる気がしたのだ。

「うん……いや、さっき出したからね」

曖昧な返答に、恵奈が落胆した面持ちを見せる。その必要はないと解釈したようだ。けれど、どうしても諦めきれなかったらしい。

「わたし、もう一度見たいんですけど」

「え、何を？」

「……精液が飛ぶところ」

それを聞いて、淳平は安堵《あんど》した。セックスをしたいわけではないとわかったからだ。

「うん、いいよ」

願いを聞き入れると、愛らしい少女の表情がパアッと輝く。

「それじゃ、わたしが出してあげますね」

淳平が長椅子に坐り直すと、その前に恵奈が跪《ひざまず》く。牡と牝の体液にまみれた性愛器官を、厭《いと》うことなく可憐《かれん》な指で握った。

「こんな感じでいいんですか？」

亜矢子がしていたのを思い出しながら、手を動かしているようだ。それはかなりぎこちない愛撫であった。

しかし、いたいけな処女の奉仕に、背徳的な悦びを禁じ得ない。

「うん、気持ちいいよ」

笑顔で励ますと、彼女もつられたように白い歯をこぼす。なんて可愛いのかと、胸をときめかせずにいられなかった。

「またいっぱい出してくださいね」

「うん。恵奈ちゃんの手が気持ちいいから、きっとたくさん出るよ」

「うふふ。あ、すごい。また硬くなった」

そして、もう一方の手が真下のフクロにものばされる。教わったことを、ちゃんと憶《おぼ》えていたのだ。

「あ、透明なのが出てきましたよ」

恵奈が嬉しそうに目を細めた。

次第にリズミカルになる上下運動に、呼吸が自然とはずむ。うっとりする快さにひたり、淳平はいつしか腰をくねらせていた。

第五章　美味《おい》しく煮込んで

1

チーフの木谷が他の店舗へ移ることになった。

画策したのは、もちろん淳平である。店内での傲慢《ごうまん》な振る舞い、何よりアルバイトの女子に対するセクハラが目に余る旨《むね》を、本社の倫理委員会に訴えたのだ。

そうするようにアドバイスをしてくれたのは、多華子である。

彼女のところにもセクハラの訴えがあり、木谷に指導したこともあったという。だが、のらりくらりと質問をかわされ、結局、誤解を招く言動は慎《つつし》むようにという指導しかできなかったそうだ。

そんなこともあって怒りを溜《た》め込んでいた多華子は、万全を期して倫理委員会に臨《のぞ》むようにと言った。そして、できる限りの証言を集め、スタッフも誰か連れて行くようにとも。当事者の訴えが効果的だからだ。

そのときにはいずみと恵奈が付き合ってくれた。自身がされたこと、目撃したことなどを話し、恵奈はパワハラに関しても、涙ながらに訴えた。

おかげで本社もすぐに動いてくれた。人事の希望を提案したことで、話がとんとん拍子《びょうし》に進んだのである。

東京西店の女子スタッフの中には、懲戒解雇《ちょうかいかいこ》を望む者もいた。他の店に移ったら、この女の子が新たな被害者になるからだ。

だが、辞《や》めさせるとなると、会社側も難色を示す。場合によっては訴訟を起こされ、余計な時間と費用がかかるばかりか、事が公になるとグループのイメージダウンにも繫《つな》がる恐れがあった。

その点、異動ならば手続きが簡単である。辞めさせないから職場を移れということで、処分される側も甘んじて受けやすい。ただ、罰則の意味で、木谷はチーフからサブへの降格となった。

彼の新たな勤務先は、淳平が以前昼食に寄った、伊都香の勤めていた店舗だ。

木谷がセクハラの対象にしていたのは、若い女の子たちだった。要は何かしても強く出られない、弱い相手を見極めて手を出していたのである。

しかし、新たな勤め先は、パートの主婦が多い。若い子もいるが、何かあったら主婦パワーの突《つ》き上げがある。セクハラなど、とてもできないだろう。

問題が解決でき、新たな被害者も出さずに済む。まさに一石《いっせき》二鳥《にちょう》と言えよう。

いや、東京西店にとっては一石三鳥だ。と、淳平は自負していた。

木谷の代わりに厨房チーフとして招き入れられたのは、伊都香である。淳平が是非にと推薦し、実力はぴか一だと、店長や多華子の前で太鼓判《たいこばん》を押したのだ。

実際、彼女が焼いたハンバーグを食したふたりは大いに驚き、そして感心した。

「これだけの才能あるひとを見極めるなんて、すごいじゃないか。堂島は、もうすっかり一人前のマネージャーだなあ」

店長は手放しで褒《ほ》めてくれた。

セクハラの問題が解決し、働きがいのある職場になる。スタッフの笑顔が増え、店全体の雰囲気もよくなった。

それにより、売上げも徐々に上向く。新規のお客はそこそこだったものの、リピーターの人数と、来店する頻度《ひんど》が増えたのだ。

また、店の評判が伝わったのか、アルバイトの希望者も出てきて、充分な数のスタッフを揃《そろ》えることができた。シフトが確実に、楽に回せると、いずみは大喜びだった。万事ＯＫ、順風満帆《じゅんぷうまんぱん》。みんながそう感じる中、淳平は満足していなかった。まだまだやりたいことがあったし、課題も残っていたからだ。

2

その日の午後、ランチのピークが過ぎたあとで伊都香に事務所へ来てもらい、淳平はかねてより企図してきたことを打ち明けた。

「……それ、本気なの？」

こちらをじっと見つめての短い問いかけに、淳平は「ええ」とうなずいた。

「本社の許可は取ってあります。今後も永続的に行なうか、他の店舗にも方針を拡大するかは、ウチの結果を見てからということになりました。ですから、是非成功させたいんです」

何らかのフェアというかたちでもいいから、その店独自のメニューを出せないだろうか。メニューに関するいずみの意見を聞いてから、淳平はずっと考えていた。厨房の設備といった制約はあるものの、とりあえず何かやってみたい。

そして、これなら可能ではないかと思ったのが、伊都香が得意だというカレーライスだった。ハンバーグと同じで、大人にも子供にも好かれるポピュラーなメニュー。それが美味《おい》しければ、きっと評判になるに違いない。

ただ、まずはどれほどのものか、味見をする必要があった。

「それで、相良さんが得意だって言うカレーを、実際に作ってもらいたいんです。店の厨房で」

しばし考え込むふうに腕組みをした伊都香であったが、眉間《みけん》のシワを深くして首をかしげた。

「前にも言ったと思うけど、あたしは料理に関して、特別な勉強なんてしてないんだよ。だからこそ、ある程度できあがったものに手を加えるだけの、こういう店に勤めてるわけ。一から何かを作るのなんて不得手だし、カレーが得意っていうのも、せいぜい家庭でこしらえる程度のものなんだよ」

「かまいません。美味しいものができれば、それでいいんです」

答えてから、ふと不安を覚える。

「まさか、レトルトのカレーを温めるだけってわけじゃないですよね？」

恐る恐る確認すると、彼女は唇を歪《ゆが》めて不満をあらわにした。

「いくらなんでも、そこまでひどくないよ」

「あ、すみません。でも、僕は、伊都香さんには才能があると思います。料理人としてのテクニックっていうより、どの程度手を加えれば美味しくなるのかっていう、加減を見分ける才能です。それに、凝《こ》ったものは作らなくてもいいんです。費用がかかりすぎたら採算がとれなくなりますし、お客様が気軽に注文したくなる価格設定にしたいので」

「うん。そういうことならいいよ」

うなずいた伊都香が、近くにあったメモ用紙を手にする。何やらすらすらと書き留めながら、

「じゃあ、さっそく今夜、作ってあげるよ。店が終わったあとに。その前に、これを買っておいてもらえるかな」

「わかりました——え？」

受け取ったメモを見て、淳平は目が点になった。

閉店後、スタッフみんなが帰ったあと、淳平は厨房に残った。もうひとり、伊都香と一緒に。

「ところで、買っておいてくれた？」

「ああ、はい」

淳平はスーパーの袋を取り出した。

「これでいいんですか？」

「ええと、ニンジン、タマネギ、肉……うん、これでいいね」

うなずいてもらってホッとする。何しろ、渡されたメモには、数量や分量が何も書かれていなかったからだ。それどころか、種類も。

「豚肉にしたんだね」

「あ、はい。何でもいいとあったので」

「でも、別にカレー用でなくてもよかったのに。細切れでも挽肉《ひきにく》でも。何なら、牛肉や鶏肉を混ぜたって」

「そうなんですか？」

「うん。本当に、何でもいいんだよ」

伊都香が料理に取りかかる。ニンジンとタマネギを乱切りにし、水を入れた寸胴鍋《なべ》に肉と一緒に入れて火にかける。そこに固形や顆粒《かりゅう》のスープの素《もと》を足して蓋《ふた》をした。

「さ、あとは待つだけ」

にこやかに述べた彼女に、淳平は戸惑いを隠せなかった。塩コショウの加減だけでハンバーグを美味しくできる繊細《せんさい》さが、まったく感じられなかったからだ。野菜の切り方ばかりでなく、後から加えたスープの選び方や分量も。

「先にタマネギや肉を炒《いた》めないんですね」

レシピにある定番の手順を抜かしたことを確認すると、伊都香は「そうだね」と答えた。

「べつに、やってもよかったんだけど、この鍋だと深くてやりづらいし、焦《こ》げつくかもしれないから」

「じゃあ、普段作るときには炒めてるんですか」

「んー、そのときの気分かな。みじん切りのタマネギを一時間も炒めることがあるし、面倒なときには、今みたいにただ鍋に入れるだけ。まあ、買ってきてくれたスープの素にタマネギのやつがあったから、今日はいいんじゃないかな」

「ずいぶん適当なんですね」

言ってから、淳平はしまったと思った。料理をしてくれるひとに対して失礼だと気づいたのだ。

ところが、彼女は我が意を得たりというふうに「その通り」とうなずく。

「あのさ、専門店のカレーって、食べたことある？」

「え？」

「あと、有名なお店のやつとか」

「まあ、少しなら」

「あたしはカレーが好きだから、けっこうあちこち食べてみたんだけど、正直、みんな同じに感じられるんだよね。言っちゃえば、レトルトカレーみたいな」

「ああ……」

　確かにそうかもと、淳平は納得した。

「どうしてそうなるのか考えたんだけど、インド料理とかじゃなくて、日本人が好むようなカレーライスっていうのは、もう色んな味や香りが混ざってるじゃない。スパイスだけじゃなくて調味料や、野菜とか肉の旨《うま》みなんかも。で、美味しくしようって追求して、混ざり物が増えるほど、結局は没個性になっちゃうんだよね。綺麗な絵の具も、何色も混ぜたらドドメ色みたいな」

　その喩《たと》えはどうかと思ったものの、一理ある気がする。

「で、どういうカレーが美味しいのかって考えたら、家で作るカレーもそうだけど、キャンプとか、学校給食のカレーって不思議と美味しいじゃない。で、あれはそれほど手間暇《てまひま》かけてないわけだから、むしろ雑に作るぐらいがいいと思うわけ。それこそ適当に」

「つまり、時間をかけないってことなんですか?」

「ううん。時間はかけるよ。このまま最低でも三時間は煮込むから。タマネギが溶《と》けてなくなるぐらいまで」

「え、そんなに?」

「だって、そのほうが美味しくなるんだもの。要するに、限られたものの味を徹底的に出させるってこと。スープの素も加えたけど、あれは味を足すっていうより、味を引き出すためのものね」

「じゃあ、カレールーを何種類も買ってきたのは――」

どこのメーカーのものでも、甘口でも辛口でもかまわないから、いくつか買うようにとのことだったのだ。

「ああ、いろいろ混ぜたほうが美味しいから」

伊都香がさらりと答える。混ぜすぎると没個性になるというさっきの主張と矛盾《むじゅん》する気がしたものの、ここは彼女の才能に賭《か》けるしかない。

「それで、こういう適当な作り方だから、味は毎回変わるよ」

「え?」

「でも、そのほうがいいんだよ。飽《あ》きのこない味ってあるけど、カレーにはそれが通用しない気がするから。むしろ、美味しいけど味が違うぐらいのほうが、毎日でも食べたくなると思うんだ」

それはメニューとしてどうなのかと、さすがに心配になってくる。ただ、伊都香のほうは、かなり自信を持っているらしい。

「あと、カレーだけだと彩《いろど》りがアレだから、あとで野菜を添《そ》えると栄養バランス的にもいいんじゃないかな。ブロッコリーとかインゲンとか、炒めるなりボイルするなりして」

と、実際にお客に出すことを考えた提案をする。

「なるほど」

「とにかく、まだまだ煮込まなくちゃいけないから、それまですることがないんだよ。家で作るときは、本を読んだりテレビを観たりするけど」

そう言うと、伊都香が不意に笑みをこぼす。これまでに少しも感じなかった艶《つや》めきを帯びたものだったから、淳平はドキッとした。

「てことで、味見してもいいかな」

「え、まだ煮込むんですよね？」

「カレーじゃなくて、淳平君の味見だよ」

「ちょ、ちょっと」

迫られて後ずさった淳平であったが、調理台にぶつかって動きが止まる。

(僕の味見って――)

どう考えても性的な意味である。そういうニオイをまったく感じなかったひとだから、困惑するばかりだ。

ただ、その意外性ゆえに、胸が妙に高鳴るのも事実である。おまけに、

「さ、いい子だから、じっとしてなさい」

それまでの雑な、どちらかというと男っぽかった口調が、一転年上の女性っぽくなったのである。しかも、声音《こわね》まで変わった。ややハスキーなそれに、思わず背すじがゾワッとする。

(こ、こんなの反則だよ)

少女漫画とかにありそうな、不良少年のちょっとした優しさに惹《ひ》かれる女の子も、こういう心持ちなのか。

完全に固まった淳平の前に、伊都香がすっと跪《ひざまず》く。ハンバーグを美味しく焼く魔法の手が、ズボンのベルトにのばされた。

3

（うう、こんなのって……）

下半身まる出しにされ、淳平は羞恥《しゅうち》に顔を火照《ほて》らせた。

脱がされたのはやむを得ないとしても、最初からズボンもブリーフも完全に奪われてしまったのだ。厨房の床が湿っているから、ずり下ろしただけでは濡《ぬ》れてしまうと。

おかげで、どうも落ち着かない。他に誰もいないものの、厨房が明るくて広いせいもあった。

「じゃ、いただきます」

言うなり、伊都香が顔を寄せてくる。状況の変化についていけず、うな垂《だ》れたままの牡《おす》器官に。

（え、いきなり？）

調理台に追い詰《つ》められていたから、逃げることができない。軟《やわ》らかな分身を、お口にすっぽりと含まれてしまう。

「ううう」

ムズムズする快《こころよ》さが広がる。舌が亀頭を飴玉《あめだま》みたいに転がし、ピチャピチャとしゃぶられた。

そうなれば、迷いも戸惑いも消え去る。血液が一点に集中し、秘茎がぐんぐん伸びあがった。

「ふは——」

完全勃起したペニスから、伊都香が口をはずす。唾液で濡れたものに指を巻きつけ、緩やかにしごいた。

「大きくなったわ。すごく立派よ」

こちらを見上げ、ニコッと無邪気に白い歯をこぼす。子供みたいな笑顔にときめくと同時に、淳平は不意に悟《さと》った。

(そうか……相良さんって、とても素直なひとなんだ)

彼女の料理の腕が確かなのは、自分が食べたいものをとことんまで追求するからだ。マニュアルもレシピも関係なく、こうすればいいに違いないと大胆に攻め、求めるものを実現させる。もちろんそれは、才能があるからこそできるのだが。

男女関係に関しても同じように、欲しいと思ったら躊躇《ちゅうちょ》することなく相手を求めるのではないか。口調や声音が変わったのは、無理して飾っているわけではない。普段は男っぽくても、今は女として振る舞う場面だから、自然と変化したのだ。

マイペースすぎて、周囲を困惑させることもあるに違いない。けれど、これが彼女の魅力なのだ。

そう理解したことで、淳平の気持ちも楽になった。ここは自分も素直になるべきだとわかったから。

「相良さんのフェラチオが気持ちよかったから、こんなになっちゃったんです」

ストレートに告げると、伊都香が嬉《うれ》しそうに目を細めた。

「ありがとう。淳平君のオチンチンも、とっても美味しいわよ」

そう言って、再び屹立《きつりつ》を頬張《ほおば》る。舌をねっとりと絡《から》みつかせ、ヌルヌルと動かしながら味わった。

（ああ、たまらない……）

味を追求するだけあって、舌づかいがねちっこくて巧《たく》みだ。まさに骨の髄《ずい》まで味わい尽《つ》くすというふう。ペニスに染《し》み込んだものがジワジワと抜け出して、彼女のあとにしゃぶっても、何も味がしないのではないだろうか。

ちゅ……チュパッ。

時おり打たれる舌鼓《したつづみ》にも、腰椎《ようつい》が蕩《とろ》けそうに感じてしまう。歯を立てられているわけでもないのに、調理されて食べられる心地がした。

「ああ、あ、ううう」

鼻息を荒くして呻《うめ》き、調理台の縁に当たっている尻をわななかせる。

肉根がふやけるほどにねぶり回してから、伊都香がようやく口をはずす。頬が赤く上気して、目があやしく潤《うる》んでいた。牡のシンボルを味見したことで、本当に食べたくなったのだろう。

「ね、これ……挿《い》れて」

掠《かす》れ声でおねだりし、淳平と交代して調理台についた。背中を向け、調理服の白いズボンをそろそろとずり下ろす。中のパンティも一緒に。

ぷりんとしたかたち良い丸みがあらわになる。綺麗な肌は、穫《と》れたての桃のよう。思わずかぶりつきたくなる。

こちらの下は完全に脱がせたくせに、伊都香自身は腿《もも》の付け根までずらしただけで、調理台に上半身をあずけた。交わるために、必要最小限のみ露出したというふう。

「いいわよ。早く――」

ヒップをくねらせて急《せ》かす彼女は、耳が真《ま》っ赤《か》に染まっている。どうやら、自らの性器を晒《さら》すことには抵抗があるらしい。

（けっこう恥ずかしがり屋なんだな）

つまり、今はそれだけ「女」になっているということだ。

思いがけず見せられた恥じらいっぷりに、狂おしい衝動がこみ上げる。もっと恥ずかしがらせたいし、羞恥《しゅうち》に身悶えるところが見たかった。

だからこそ、すぐに挿入することなく彼女の真後ろに跪き、ズボンとパンティを膝《ひざ》までずり下ろしたのだ。

「え？」

伊都香が焦《あせ》って振り返る。横にずれて逃げようとしたらしいが、それより早く淳平は桃尻の谷間に顔を埋《うず》めていた。

むわん――。

濃密なチーズ臭が鼻奥にまで流れ込む。ハンバーグの上でトロトロになったものに似ている気がしたが、あれよりももっとかぐわしい。

そして、いやらしい。

「イヤイヤ、だ、ダメぇッ！」

尻を振って暴れる彼女におかまいなく、恥叢をかき分けて蜜割れに舌を差し込む。そこには甘露な肉汁が溜まっていた。

(これが相良さんの味——)

ぢゅるっとすすり取れば、味蕾に甘みと旨みが広がる。一流の料理人は自身も美味しいのかと、妙に納得させられた。

あとは食欲を伴《ともな》った性欲を高めながら、二十八歳の女芯を徹底的に味わう。

「し、しないで、そこは……あああ、よ、汚れてるからぁ」

伊都香は涙声になっていた。あるいはステンレスの調理台に、涙の雫《しずく》をこぼしているのではないか。

もちろん淳平は、そこが汚れているなんて少しも思っていなかった。むしろ彼女自身の味と匂いを好ましく受け止め、やはり素材がいいのだと感心すらしていたのである。

それにしても、淑《しと》やかな人妻——亜矢子は、洗っていない秘部もアヌスも嬉々《きき》として舐《な》めさせたのである。それに対して、さばさばして男性的だった伊都香が、同じ場面で泣くほど恥ずかしがるなんて。

女性というのは、普段の姿と夜の姿が異なるものなのか。みんながみんなそうではないにせよ、だからこそ男にはミステリアスな存在なのかもしれない。

などと考えて、淳平は自分自身に苦笑した。

(ほんの三ヶ月前まで、僕は童貞だったのに——)

だが、美人上司との初体験のあと、優しいお姉ちゃんに麗《うるわ》しの人妻と、魅力的な女性たちとめくるめく体験を遂《と》げることができた。それに、セックスこそしていないが、バージンの女子大生にも射精に導かれたのだ。

彼女たちのおかげで、自分はここまで成長できたのだと思う。男としても、それから、社会人としても。

そして今は、恥ずかしがり屋の女性シェフに、新たなときめきを与えられていた。

「くは、あ、あああ、い、いやぁ……」

伊都香の抵抗が弱々しくなる。尻の谷がいく度もすぼまり、双丘に筋肉の浅いへこみをこしらえた。羞恥にまみれながらも、感じてきたようだ。

現に、恥苑の奥から、温かな蜜《みつ》がトロトロと溢《あふ》れ出していた。

「あふ、ふんぅ……ふはぁ」

鼻にかかった喘《あえ》ぎをこぼし、太腿をピクピクと痙攣《けいれん》させる。仕事場である厨房で尻をまる出しにし、歓喜に身を震わせる姿は淫《みだ》らながら、愛しさが募《つの》った。

「んぅ……さ、相良さんのオマンコも、とっても美味しいですよ」

秘部をねぶりながら告げると、「いやぁッ」と悲鳴が上がる。

「そ、そんなの嘘《うそ》よ」

「むうう、う、嘘じゃないです。それに、とってもいい匂いです」

「うう、ば、バカ……」

羞恥に身を震わせる彼女の女芯が、火照ったように熱を帯びてきた。かなり昂《たか》ぶっているのは間違いない。

(これならイクかもしれない)

敏感な秘核を狙《ねら》って舌を律動させると、果たして女体が爆発的なわななきを示した。

「あああ、そ、そこぉッ」

やはりお気に入りの場所だったのだ。艶尻をぷりぷりとはずませて、快感の高みへとまっしぐらに駆《か》け上がる。

「あ、あ、ダメ——いいい、イッちゃうぅ」

伊都香がすすり泣き交じりにアクメを予告した。

彼女の感覚を逃さぬよう、淳平は一心にクリトリスを責めた。指で包皮を剝《む》き、艶めいた真珠を舌先でぴちぴちとはじく。

「イヤイヤ、ほ、ホントにイッちゃう。あ、来る——来るのぉ」

行くのか来るのかはっきりせぬまま、女体が悦楽の極みへ舞いあがった。

「イクイクイクっ、い——くぅうううッ!」

ひときわ大きな声を張り上げ、背中を大きく反《そ》らす。剝き身のヒップが、感電したみたいにビクビクと波打った。

「う……あ──あふっ、はあ──」

頂上に漂《ただよ》ったあと、深く息を吐《は》き出し、ぐったりして調理台に突っ伏《ぷ》す。あとは何をするのも億劫《おっくう》というふうに、伊都香は背中を上下させるだけになった。

（イッたんだ……）

ひと仕事やり遂げた気になり、淳平はそろそろと立ちあがった。しゃがみっぱなしだったから、脚が痺《しび》れていたのだ。

それでも、おしりをまる出しにした美女のしどけない姿を目にするなり、新たな劣情が沸《わ》きあがる。

股間の分身ははち切れそうに膨張し、下腹にぴったり張りついている。それを握り、苦労して前に傾《かたむ》けると、あらわに開かれた女芯部を亀頭で探った。

そこはあんでもかけたみたいに、ドロドロになっていた。

「んぅ……」

肉槍の尖端《せんたん》を上下させて恥割れをこすっても、彼女はうるさそうに唸《うな》っただけだった。もう満腹だというのか。けれど、こちらは味見しかしていないのだ。

（だったら、下のお口に食べさせてあげますからね）

胸の内でオヤジっぽい台詞《せりふ》を吐き、腰を前に送る。それこそ煮込んだみたいに蕩けた蜜穴を深々と貫《つらぬ》くなり、

「はあああーッ！」

伊都香が首を反らし、歓喜の声を高らかに放った——。

4

「いらっしゃいませ。お客様、何名様ですか？」

「お待たせいたしました。ハンバーグのAセットとカレーセットです」

「はーい。ただ今お伺《うかが》いいたします」

ランチの時間、「もんぐりる」東京西店のフロアに、明るい声が響く。

今日は日曜日ということもあり、家族連れが多い。子供たちのはしゃぐ声も、そこかしこから聞こえた。

淳平はヘルプでレジを担当していた。店内を眺《なが》め、胸が自然とはずむのを覚える。

かつて自分も通っていた、ファミリーレストラン。そこにたくさんのひとが訪れ、美味

しいひとときを過ごしている。今はスタッフとして関わっているだけに、お客様の笑顔が何よりも嬉しい。

そこへ、多華子がやって来た。

「調子はどう？」

いつも厳しい女上司が、嬉しそうな笑みを浮かべている。

「はい、おかげさまで」

「売上げも上々だし、店の雰囲気も前よりいい感じじゃない。あなたも頑張った甲斐《かい》があったわね」

「いえ、僕ひとりの力じゃありません。店のみんなが協力してくれたおかげです」

「うん、そういう姿勢が大事なの。これからもその調子でね、堂島マネージャー」

「え？」

「正式な辞令が出たわ。もうあなたは補佐じゃないの。東京西店の、唯一無二のマネージャーなのよ」

多華子が茶目《ちゃめ》っ気《け》たっぷりにウインクをする。淳平は嬉しくて、涙がこぼれそうになった。

「ありがとうございます。これも、西脇マネージャーのおかげです」

「あら、わたしは何もしていないわよ。あなたの童貞をいただいた以外は」

思わせぶりな笑みに、今度はドキッとさせられる。ひょっとして、マネージャーになったお祝いにエッチなご褒美《ほうび》があるのかと期待してしまったものの、その話はそこで終了。彼女はすぐ仕事モードになった。

「そうそう。カレーライスの件だけど、他の店舗でもって話が出てるわ。この店ですごく好評みたいだから」

「はい。そうなんです」

淳平は笑顔で答えた。伊都香のカレーは、本当に美味しかったのだ。

試食した店長も、これは是非ともメニューに入れたいと言い、試験的に何度かお客に出したあと、東京西店独自のメニューとして正式決定した。もっとも、厨房設備の関係上、一日に出せる数は限られている。まあ、もともとハンバーグが売りのファミレスだから、そのぐらいでちょうどいいのだろう。

最初に悩んだのは、メニューの名前であった。普通のカレーライスではインパクトがないし、いくら美味しくても注文してもらえなければ意味がない。

適当に作ったのだから適当カレーがいいと、伊都香はそれこそ適当な名前を提案した。しかし、そういうわけにはいかず、無難に日替りカレーとなった。

とは言え、シーフードだのビーフだのポークだの、具に変更があるわけではない。肉の種類こそ気分で変わるものの、材料は基本的に同じだ。

なのに、味はその日その日で微妙に異なるのである。これも適当に作っているからなのだが、違っていてもすべて美味しいというのは、やはり料理人の腕なのだろう。

とにかく日替りカレーと、ハンバーグとミニカレーのセットは好評で、毎日完売である。伊都香は毎晩、次の日のカレーを仕込まねばならなかった。

「それで、相良さんにレシピをまとめておいてほしいって言われてるんだけど」

多華子の言葉に、淳平は我知らず顔をしかめた。おそらく伊都香にレシピを書かせても、見る者が困惑するようなものにしかならないのだ。

（あれはやっぱり、相良さんだから出せる味なんだよな……）

そんなに適当に作って美味しいならと、淳平も試しに同じ方法でカレーを作ったことがあった。ところが、たしかにそれまで作っていたものよりも味はよかったのだが、伊都香のものには到底敵《かな》わなかった。どうやら微妙なさじ加減があるようなのだ。

おそらくそれは才能に関わる部分であり、彼女にも説明できないに違いない。そうとわかったから、多華子の依頼に困ってしまったのである。

「……まあ、相良さんに話してみますけど、時間がかかるかもしれません」

「そうなの？　よっぽど難しいレシピなのね」

難しくないから、かえって難しい。と、禅問答みたいなことが頭に浮かぶ。

「まあ、カレーの件は、また詰めていきましょ。あと、制服の件は、全店舗の採用が決まったわ」

「本当ですか？」

「ええ。来月には希望者に配布される予定よ」

メニューの件ともうひとつ、淳平が課題として取り組んでいたのは、制服のバリエーションを増やすことだった。スカートが苦手な恵奈のために加え、お客は飽きているかもしれないといういずみの意見も受けて考慮を重ねたのである。

予算のこともあるから、一度にすべてを変えるのは難しい。また、誰にでも着こなせるという、今のデザインの線も守りたい。

そうなると、スカート以外のものも準備することが、最も簡単だ。そして、女の子らしさを出せるものとなると、ショートパンツしかなかった。

どのぐらいの長さがいいのか、市販品を使って確認し、デザインも考えた。色は同じオレンジ色ということで、見本を発注したのである。

そうして店で着用してもらったところ、思いがけず好評だったのだ。

ウエイトレスを正面から見た場合、スカートはエプロンの裾《すそ》からはみ出す。ところが、ショートパンツだと何も穿《は》いていないように見えるため、男性客はかなりどぎまぎしたらしかった。

もちろん、後ろ姿も可愛《かわい》らしい。特に恵奈のような小柄な女の子には、抜群に似合うのである。おしりのくりりんとした丸みが強調されるところがいいようだ。

さすがに亜矢子のような人妻はスカートのままだが、若いウエイトレスの中には、その日の気分でスカートかショートパンツかを選ぶ者もいた。恵奈はもちろん、ずっとショートパンツである。動きやすくなって、失敗もなくなった。

また、ボトムのみの違いながら、店内に二種類の制服があることで、不思議と華《はな》やかになったのである。淳平もそこまでは予想していなかったから、いずみのアイディアがそれだけ確かなものだったと言えよう。新しいメニューだって、もともと彼女の発案だったのだ。

(うまくいったのは服部さん――お姉ちゃんのおかげなんだ)

そのいずみは、現在東京西店にいない。正社員になるために、本社で研修中なのだ。まずはマネージャーになり、ゆくゆくは店長を目指しているらしい。

店で会えないのは寂《さび》しいけれど、本社で顔を合わせることがある。研修後はマネージャ

―補佐として店舗を回るとのことで、

『そうすれば、また淳平といっしょに仕事ができるわね』

つい先日、彼女は艶っぽく目を細めて言ったのだ。

（うん、またいっしょに――）

淳平は、その日を心から望んだ。

「じゃ、わたしは次の店に行くから」

多華子に声をかけられ、淳平は我に返った。

「あ、はい。お疲れ様でした」

「頑張ってね、マネージャー」

「はい」

多華子が去ると、恵奈がやって来た。ニコニコと愉《たの》しげな笑みを浮かべて。

「堂島さん、レジを交代します」

「あ、そう。お願いするよ」

場所を譲《ゆず》ると、彼女が感謝の面持ちで見つめてきた。

「ありがとうございます、本当に」

「え、何が？」

「制服のこと。これ、可愛いし動きやすい、すっごく気に入ってるんです。それに、変わってから一回も転んでないんですよ」

「うん、よかった。まあ、スカートも良かったけど、ショートパンツもよく似合ってるよ」

「本当ですか?」

恵奈がはにかみ、白い歯をこぼす。それから、伸びあがるようにして顔を近づけると、こそっと囁《ささや》いた。

「ところで、わたしのバージンは、いつ奪ってくれるんですか?」

キャンディーみたいに甘い吐息が、顔にふわっとかかる。淳平は軽い眩暈《めまい》を覚えた。

この作品はフィクションであり、登場する人物および
団体名は、実在するものといっさい関係ありません。

ぷるぷるグリル

一〇〇字書評

切・り・取・り・線

購買動機（新聞、雑誌名を記入するか、あるいは○をつけてください）	
□（　　　　　　　　　　　）の広告を見て	
□（　　　　　　　　　　　）の書評を見て	
□ 知人のすすめで	□ タイトルに惹かれて
□ カバーが良かったから	□ 内容が面白そうだから
□ 好きな作家だから	□ 好きな分野の本だから

・最近、最も感銘を受けた作品名をお書き下さい

・あなたのお好きな作家名をお書き下さい

・その他、ご要望がありましたらお書き下さい

住所	〒				
氏名		職業		年齢	
Eメール	※携帯には配信できません	新刊情報等のメール配信を 希望する・しない			

この本の感想を、編集部までお寄せいただけたらありがたく存じます。今後の企画の参考にさせていただきます。Eメールでも結構です。

いただいた「一〇〇字書評」は、新聞・雑誌等に紹介させていただくことがあります。その場合はお礼として特製図書カードを差し上げます。

前ページの原稿用紙に書評をお書きの上、切り取り、左記までお送り下さい。宛先の住所は不要です。

なお、ご記入いただいたお名前、ご住所等は、書評紹介の事前了解、謝礼のお届けのためだけに利用し、そのほかの目的のために利用することはありません。

〒一〇一－八七〇一
祥伝社文庫編集長　坂口芳和
電話　〇三（三二六五）二〇八〇

祥伝社ホームページの「ブックレビュー」からも、書き込めます。
http://www.shodensha.co.jp/bookreview/

祥伝社文庫

ぷるぷるグリル

平成27年 4 月20日　初版第 1 刷発行

著　者　橘《たちばな》　真児《しんじ》

発行者　竹内和芳

発行所　祥伝社《しょうでんしゃ》

東京都千代田区神田神保町 3-3
〒101-8701
電話　03（3265）2081（販売部）
電話　03（3265）2080（編集部）
電話　03（3265）3622（業務部）
http://www.shodensha.co.jp/

印刷所　堀内印刷
製本所　ナショナル製本
カバーフォーマットデザイン　芥　陽子

ISBN978-4-396-34113-8 C0193

祥伝社文庫の好評既刊

橘 真児

恥じらいノスタルジー

久々の帰郷で藤井を待っていたのは、変わらぬ街並と、成熟し魅惑的になった女性たちとの濃密な再会だった……。

橘 真児

夜の同級会

会いたくなかった。けれども、抱きたかった！　八年ぶりに帰省した男を待ち受ける、青春の記憶と大人の欲望。

橘 真児

人妻同級生

ほろ苦い青春の思い出と、甘美な欲望が交錯する時、男と女は……。傑作長編官能ロマン！

橘 真児

脱がせてあげる

あまりの暑さに、観光物産展でゆるキャラが卒倒！　急いで脱がすと、なんと中の美女は……!!

草凪 優

年上の女《ひと》

「わたし、普段はこんなことをする女じゃないのよ……」夜の路上で偶然出会った僕の「運命の人《ファム・ファタール》」は人妻だった……。

草凪 優

摘《つ》めない果実

「やさしくしてください。わたし、初めてですから……」妻もいる中年男と二〇歳の女子大生の行き着く果て！